KB049132

TV동화 행복한 세상

TV동화

행복한 세상

3

기획 | 박인식 글·구성 | 이미애

샘터

TV동화 행복한 세상 · 3

1판 1쇄 발행 2002년 12월 3일
2판 1쇄 발행 2011년 1월 10일
2판 2쇄 발행 2013년 6월 20일

기획·구성 박인식
펴낸이 김성구

편집팀장 박유진
편 집 김민기 김동규
디자인 여종욱 문인순
제 작 신태섭
마케팅 최윤호 손기주 송영호 김정원 차안나
관 리 김현영

펴낸곳 (주)샘터사
등 록 2001년 10월 15일 제1-2923호
주 소 서울시 종로구 동숭동 1-115 (110-809)
전 화 02-763-8965(단행본팀) 02-763-8966(영업마케팅부)
팩 스 02-3672-1873 **이메일** book@isamtoh.com **홈페이지** www.isamtoh.com

ISBN 978-89-464-1797-7 04810
ISBN 978-89-464-1794-6 04810 (세트)

이 도서의 국립중앙도서관 출판시 도서목록(CIP)은 e-CIP 홈페이지
(http://www.nl.go.kr/ecip)에서 이용하실 수 있습니다. (CIP제어번호: CIP2011000091)

값은 뒤표지에 있습니다.
잘못 만들어진 책은 구입처에서 교환해 드립니다.

살아가야 하는 이유와 헤쳐나갈 힘, 그것은 사랑입니다.

이제사 알게 된 것 하나, 〈TV동화 행복한 세상〉은

바로 우리들이 함께 쓰는 성장일기입니다.

머리말

우리들이 함께 쓰는 성장 일기

목소리를 듣지 않아도 알 수 있습니다. 방송이 나가고 10분이 채 안되어서 오는 전화는 분명 소재를 제공했던 원작자입니다. 자신의 이야기가 감동적으로 그려져서 고맙다는 인사들… 제작진과 처음 통화할 때의 반응과는 사뭇 다른 분위깁니다. 소재가 채택되었다는 연락을 하면 대부분의 원작자들은 몹시 조심스러워 합니다. 궁상맞게 어려웠던 시절의 자신을 드러내는 것도, 인생의 전환점이 되었을 가슴저린 사건을 되새기는 것도 쉽지 않았을 것입니다.
그러나 대부분은 자신의 이야기가 방송되는 것을 보면서 또다시 눈물을 흘립니다. 그들의 이야기는 단순한 일화가 아니기 때문입니다. 독백 같은 그들의 사연을 들어 보면 방송되는 이야기 하나하나가 제각각 지금의 자신을 만든 사건이며, 세상 보는 눈을 갖게 해 준 깨달음이었습니다.

이렇듯 〈TV동화 행복한 세상〉은 우리 이웃들이 겪은 이야기이며 부지불식간에 내가 느꼈던 감정들입니다. 이제사 알게 된 것 하나, 〈TV동화 행복한 세상〉은 우리들이 함께 쓰는 성장일기입니다.

〈TV동화 행복한 세상〉이 방송된 지 1년 반. 그동안 우리들이 함께 써 온 일기는 300편이 넘습니다. 그리고 홈페이지에는 하루도 거르지 않고 시청소감이 올라옵니다. 감동적이다, 눈물이 났다, 나를 되돌아보게 되었다… 언뜻 보면 비슷한 이야기가 많아 보이지만 매번 감동으로 다가오는 것은 보편적인 가치를 가졌기 때문입니다. 가족간의 사랑과 친구와의 우정, 더불어 살아가는 세상살이의 도리들… 당연하지만 놓치기 쉽고, 소중하지만 돋보이지 않는 우리네 삶의 이야기입니다. 그동안 가장 많이 다뤄진 소재는 어머니-언제나 드러내지 않고 자식 잘되기만을 기도하는 후원자, 어려우면서도 만만해서 온갖 푸념을 들어줘야 하는 친구, 받을 것은 생각지 못하고 그저 퍼주기만 해서 산수에는 젬병인 분. 하지만 어머니는 딱 한 번 자식을 배신합니다. 자식이 원할 때까지 기다려 주지 않고, 그래서 뒤늦게 깊이 사랑했음을 깨닫게 합니다. 그러니 어떤 어머니의 사연도 가슴 저리지 않는 것이 없습니다. 방법과 표현이 다를 뿐 어머니는 자식들의 가장 든든한 빽이며 영원한 후원자입니다.

내 어머니 역시 당신 자식이 최고였습니다. 집이 우주고 자식이 세상의 전부였던 내 어머니는, 넉 달 전 그리움이란 이름으로 자리를 바꾸셨습니다. 〈TV동화 행복한 세상〉이 처음 책으로 나올 즈음 병을 얻은 어머니는 두 번째 책이 나올 땐 이미 병이 깊어지셨습니다. 병원에서도 손을 놓고 하루하루 조금씩 나빠지는 것만 지켜보아야 했던 마지막 5개월…감기가 떨어지지 않는다고 동네 병원 탓을 하실 때 눈여겨봐야 했습니다. 피곤에 골아떨어진 막내아들 깨울까 숨죽여 기침하실 때 알아봐야 했습니다. 늦잠으로 허둥대며 출근하는 아들 입에 연신 먹을 것을 넣어 주던 어머니의 안색을 제대로 봤어야 했습니다……. 하지만 지금은 늦는다, 편집한다, 회식한다, 전화할 곳이 없어졌습니다. 때늦은 밤이 되어야 겨우 하는 짧은 전화 한 통화였지만, 전화할 곳이 없어졌다는 것은 당황스러운 사건이었습니다. 어머니만 안계실 뿐 세상이 달라진 것이 없는데, 걸음은 공중을 떠다니듯 겅중거렸습니다. 머리 속은 구멍 숭숭 난 낡은 스폰지처럼 바람이 불었습니다. 일이 쌓여갔지만 손엔 힘이 빠졌습니다. 겪어야 아는 것만은 아닐텐데… 어머니는 그 존재만으로도 자식의 비빌 언덕이며 바람막이였습니다.

살아가야 하는 이유와 헤쳐나갈 힘, 그것은 사랑입니다.

너무 당연해서 일까요 아니면 눈이 나빠서 일까요? 나를 사랑하는 가족과 나를 바라보는 친구들이 머리 속의 우선 순위에서 너무나도 쉽게 밀려납니다. 그 자리는 내가 잘보여야 하는 사람, 나를 움직일 수 있는 사람으로 채워지곤 합니다. 잃고 나서야 알게 되는 현실이 가혹하지만, 그렇기에 더 소중하다는 것을 이제는 압니다. 그래서 어쩔 수 없이 미련을 떠는 우리들을 위한 징검다리가 있었으면 합니다. 〈TV동화 행복한 세상〉이 바로 그것입니다. 투박한 말 속에 들어 있는 깊은 사랑, 소소한 행동 뒤에 숨은 애틋한 마음을 깨닫게 하기 때문입니다. 사는 게 힘들고 지칠 때면 세상에 혼자 남은 듯 외롭기 마련입니다. 공연히 세상을 원망하고 주변을 탓하게 되기 십상입니다. 내 곁에도 나를 사랑하는 이들이 있음을 알게 되는 사람은 엇나가지도 주저앉지도 않습니다. 뿌리가 든든한 나무는 실바람에 흔들리지 않는 법입니다.

제게도 뿌리를 단단히 잡아 주는 흙과 양분 같은 분들이 있습니다. 기획안이 채택되었을 때 처음 시도되는 애니메이션 〈TV동화 행복한 세상〉에 대한 반응은 어떨까, 내가 원하고 생각한 대로 프로그램이 만들어질 수 있을까 등등, 고민이 이만저만이 아니었습니다. 맨 땅에 헤딩일 수밖에 없었던 것이, 따라할 만한 전작이 없기도 했지만 프로그램 제작 경험도 일천했기 때문이었습니다. 그때 이 분들의 한 마디는 천군만마였고, 오늘 같은 자리를 만들 수 있었습니다.

기획안을 만들어 보라며 늘 자극을 주고 보이지 않게 힘을 주신 KBS 영상제작국의 이건환 부장, 경험도 없는 내게 선뜻 파일럿 프로그램을 만들 수 있는 기회를 주고 할 수 있다는 믿음을 주신 KBS 편성정책부의 김영신 부장, 애니메이션 프로그램 제작의 매력과 노하우를 따뜻한 마음으로 가르쳐 주신 KBS 만화영화부의 민영문 차장, 소재 선정부터 제작업체 결정까지 온갖 수고를 기꺼이 맡아 준 후배 상욱이와 용욱이 그리고 어려운 환경 속에서도 즐겁게 참여한 모든 제작진들. 변변한 인사 한 번 못한 이들에게 감사한다는 말을 전합니다. 그들의 관심과 애정은 무엇보다 든든한 배경이며 힘이었습니다.

박 인 식

KBS 〈TV동화 행복한 세상〉 담당 프로듀서

작가의 말

내 평생 잊지 못할 아름다운 풍경

내 평생 잊지 못할 아름다운 풍경 중에
아버지의 뒷모습이 있습니다.
아버지는 농부였습니다.
이른 새벽 안개를 헤치고 이슬을 밟으며
논둑 길을 걸어가는 아버지의 뒷모습은
골똘하고 성실하며 올곧고 정직했습니다.
문득 멈춰 서서 한없이 먼 곳을 응시할 때면 나는
그의 발가락 사이에서 뿌리가 돋아 그대로 풀이 되고
나무가 될지도 모른다고 생각했습니다.

내 평생 잊지 못할 아름다운 소리 중에
아버지의 헛기침 소리가 있습니다.
흙물 누렇게 밴 손에 삽자루를 쥐고 돌아와
대문간에서 한번 툇마루에서 한번
툭 던지던 헛기침소리는 말 없고 뚝뚝한 아버지가
어머니와 자식들에게 당신의 건재함을 알리는
짧고 굵은 신호였습니다.
사람의 뒷모습에 얼마나 많은 말이 쓰여 있는지

기침소리 하나에 얼마나 깊은 사랑이 담길 수 있는지
알게 된 건 아버지가 다시는 돌아올 수 없는 곳으로 가신 뒤였습니다.

〈TV동화 행복한 세상〉에는 빛 바랜 기억창고 속 내 아버지의 뒷모습을
떠올리게 하는 많은 아버지가 있습니다.
한밤중 비 새는 지붕 위에 올라가 날이 하얗게 새도록
우산을 받쳐들고 있었던 아버지.
눈 먼 아들을 절망에서 건져 준 세상이 너무 고마워
미담 주머니를 만들고 착한 일을 하는 사람들에게 하나둘 나눠 주는 아버지.
집 나간 아들을 찾아 온 세상을 헤매는 아버지, 아버지, 아버지…….

그 슬프고도 아름다운 풍경 속 아버지에게
가족의 중심이며 뿌리이고 스승인 우리들의 아버지들에게
이 책을 바칩니다.
그이들이 세상의 작은 풍랑에 흔들리지 말기를
존재의 굳건함을 과시할 수 있기를 빌며…….

이 미 애

〈TV동화 행복한 세상〉 작가

추천의 말

몸과 마음을 훈훈하게 데워 주는 이야기

저에게는 〈TV동화 행복한 세상〉 속에 등장하는 주인공들처럼 하루 세 끼 밥을 걱정해야 했던 시절이 있었습니다.

소쿠리 행상을 하셨던 홀어머니 밑에서 가난하게 자란 저는, 언젠가 도둑 누명을 쓴 후 처지가 비슷한 친구들과 어울려 시장통과 뒷골목을 배회했습니다. 하지만 한 친구가 있었기에 어둠 속을 뚫고 나갈 희망을 가질 수 있었습니다.

친구는 자신의 소아마비 걸린 앙상한 다리를 보여주며 호통을 쳤습니다.

"나를 봐라. 사지 멀쩡한 네가 못할 일이 뭐가 있냐."

눈이 번쩍 뜨이고, 두 다리가 벌떡 일어서던 그 느낌은, '이렇게 살면 안 된다' 는 마음 속의 외침이었던 것 같습니다.

그 이후로 회사를 차린 저는 마땅한 거래처는 없었지만, 새벽 먼동을 의지 삼아 짐자전거의 페달을 쉬지 않고 밟았습니다. 영등포에서부터 인천의 골목골목까지 자전거로 누비며 때로는 문전박대를 받기도 했지만, '젊은 사람이 고생한다' 는 말을 들으며 하나 둘씩 단골을 늘려 나갔습니다. 그 시절 새벽의 푸른 공기를 가르던 무거운 자전거 위에는 짐이 아니라 희망이 쌓여 있었던 것 같습니다.

〈TV동화 행복한 세상〉에는 그 시절 그 느낌이 고스란히 담겨 있습니다. 연탄불 지피던 시절에 자기의 언 손을 녹이기 전에 자식과, 아내, 남편, 이웃을 먼저 생각하는 가난한 이웃들의 이야기를 읽노라면, 눈두덩이 붉게 물들면서 힘들고 어려웠던 과거로 돌아가 있곤 합니다. 가난하지만 소중하게 간직했던 희망도 다시 꺼내 보게 됩니다.

그 시절의 희망에는 사람의 체온이 묻어 있습니다. 그 희망은 부유하고 윤택해서 잘 제공된 것이 아닙니다. 가난하기 때문에 투박하지만 맥박만은 뜨겁게 꿈틀거리는 희망입니다. 그래서 교만하거나 가슴이 차가운 사람들은 놓치기 쉽습니다. 하지만 일단 마음의 문을 열면, 어두컴컴한 긴 통로 저편에서부터 희미한 불빛이 다가오기 시작하다가 어느 순간 몸과 마음을 훈훈하게 데워 줍니다.

어느덧 〈TV동화 행복한 세상〉은 나에게 없어서는 안 될 소중한 희망책이 되어 버렸나 봅니다. 〈TV동화 행복한 세상〉의 세 번째 출간을 진심으로 축하합니다.

최신규

(주)손오공 대표이사

TV동화 행복한 세상 3 | 차례

6 머리말 | 우리들이 함께 쓰는 성장일기 · 박인식

10 작가의 말 | 내 평생 잊지 못할 아름다운 풍경 · 이미애

12 추천의 말 | 몸과 마음을 훈훈하게 데워 주는 이야기 · 최신규

274 〈TV동화 행복한 세상 3〉 원작 목록

1

지팡이가 된 나무

단 한 사람의 관객 22
베란다의 참새 26
수술비 백 원 30
돈 34
지팡이가 된 나무 38
기차 대장 42
양심판매대 46
앵두 서리 50
아주 중요한 사건 54
노란 모과 58
아이들의 비밀 62
고양이와 생선 66

2

빗방울 소나타

72 20년 전의 인형
76 어머니의 보석상자
80 빗방울 소나타
84 우렁각시
88 엄마와 좀도둑
92 마지막 거짓말
96 아버지와 미루나무
100 곰보빵
104 아버지가 사 주신 중고차
108 파스 한 장
112 어머니와 10만 원
116 공부방이 생기던 날

3

눈꺼풀로 쓴 글

만 원의 힘 122

진정한 가르침 126

담요 두 장 130

눈꺼풀로 쓴 글 134

바로 지금 하세요 138

이모부와 거위 142

사랑의 가위 146

아들의 선물 150

못생긴 도장 154

사랑의 퍼즐 158

세상에서 가장 아름다운 편지 162

38년 전 약속 166

4

눈물의 결혼반지

172 잊을 수 없는 플래카드

176 할머니의 자장가

180 듣지 못한 대답

184 눈물의 결혼반지

188 주근깨 여왕

192 할머니의 가르침

196 햇볕이 되고 싶은 아이

200 영혼의 기다림

204 눈 먼 벌치기의 소원

212 기적의 인큐베이터

216 우리 외식하러 가요

220 휴대폰과 양갱

5

날마다 다리를 건너는 사람

윗집 아랫집 226

어떤 우정 230

눈물의 시험날 234

계란 세 개 238

날마다 다리를 건너는 사람 242

친절 승무원 246

이웃사촌 250

양심지폐 254

안경 할머니 258

할머니의 비밀 262

월급봉투 266

선홍빛 사랑 270

1

지팡이가 된 나무

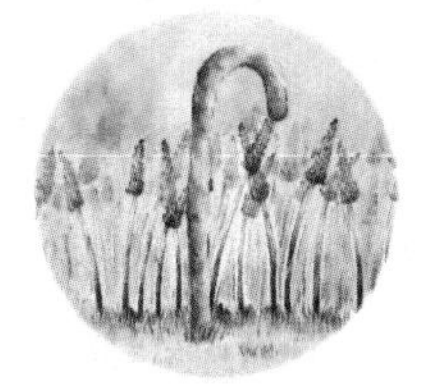

단 한 사람의 관객

북적대던 피서 인파가 썰물처럼 빠져나간 늦여름 유원지에서의 일입니다.

가게들이 하나둘 문을 닫고 서커스단 광대들도 짐을 꾸려 떠난 뒤 텅 빈 유원지에 한 소년이 나타났습니다. 조심스레 주위를 살피던 소년은 서커스 천막으로 다가가 청소중인 경비원에게 돈을 내밀었습니다.

"이게 뭐냐?"

경비원이 눈을 깜박이며 물었습니다.

"입장료예요."

소년이 또박또박 대답했습니다. 경비원이 서커스는 막을 내렸다고 친절하게 상황을 설명했지만 소년은 막무가내였습니다.

"글쎄 이제 안 한다니까. 이미 끝났단다."

"안돼요, 아저씨. 저는 서커스를 보려고 시내에서 여기까지 걸어왔단 말예요."

시내에서부터 걸었다니 한 시간이 넘게 걸렸을 거리지만, 그렇다고 단 한 사람을 위해 이미 흩어진 광대들을 불러모을 수는 없는 일이었습니다.

한동안 생각에 잠겨 있던 경비원이 입을 열었습니다.

"좋아, 들어가거라. 하지만 입장료는 안 받는다. 이건 정식영업이 아니니까."

"우와, 신난다!"

소년을 귀빈석에 앉힌 경비원이 무대 뒤로 사라졌습니다.

막이 오르자 오렌지빛 조명을 받으며 광대가 등장했습니다. 걷고 뛰며 숨이 차게 찾아온 서커스. 혼신을 다한 연기, 우스꽝스런 몸짓과 표정……. 소년은 손뼉을 치며 까르르 웃고 좋아했습니다.

광대는 소년을 실망시키지 않았습니다. 까만 모자 속에서 나비가 날아오르고, 풍선을 타고 공중으로 둥실 떠오르기도 하고… 황홀경에 빠진 소년의 뺨이 빨갛게 달아올랐습니다.

시간이 얼마나 흘렀을까. 쇼가 끝나고 광대가 마지막 인사를 하는 순간, 박수 소리가 천막을 열어제쳤습니다.

피서 인파가 빠져나간 유원지의 뒷모습을 카메라에 담기 위해 남았던 기자들이 한 소년의 웃음 소리를 좇아 천막 안으로 들어오게 된 것입니다.

"정말 놀라운 솜씨입니다. 당신이 서커스 책임자인가요?"

"예? 아니에요. 저는… 여기 경비원입니다."

놀란 표정을 감추지 못하는 기자들에게 경비원은 자초지종을 설명했습니다. 한때는 광대였지만 중병에 걸린 아내의 치료비를 벌기 위해 고정 수입이 있는 경비일을 택했다고, 그리고 한 소년의 간절한 부탁을 거절할 수가 없어 무대에 서게 됐다고…….

"모처럼 무대에 섰는데 이 아이보다 제가 더 재미있었습니다. 하하."

다음날 신문에는 치열한 장인정신으로 빛나는 한 늙은 광대의 얼굴이 실렸습니다. 그것은 단 한 사람의 관객을 위해 혼신의 연기를 보여준 진정한 광대의 모습이었습니다.

베란다의 참새

한창 바쁜 근무시간에 딸 아이한테서 전화가 걸려왔습니다.

“여보세요? 119는 왜?”

난데없이 119를 불렀다는 딸 아이의 말에 나는 깜짝 놀라 물었습니다.

“참새가 구멍에 빠졌단 말야. 엄마 잠깐만…….”

전화를 건네받은 119대원이 상황을 설명했습니다.

아이가 혼자 집을 보고 있는데 베란다로 덤벙대는 참새 한 마리가 날아들어왔다는 것입니다.

“어…? 참새네. 어디로 들어왔지?”

그 참새가 베란다 바닥을 쪼며 다니다가 작은 구멍에 빠졌는데 도무지 나오질 못하자 딸아이가 119를 부른 것입니다.

“저… 아저씨, 동물도 구해 주시나요?”

“물론… 구해 주지.”

119대원은 곧 참새를 구하러 출동했습니다.

“베란다를 조금 깨야 되겠는데 그래도 되겠습니까?”

119대원은 난처하다는 듯 내게 물었습니다.

참새 한 마리를 구하기 위해 베란다에 구멍을 낸다?

쉽게 결정할 수 있는 일은 아니기에 나는 잠시 망설였습니다. 전화기를 통해 딸 아이의 간절한 목소리가 다시 들려왔습니다.

"이이, 엄미. 안 그러면 세기 죽는단 말야."

그 참새는 왜 하필 우리 집 베란다에 들어왔으며 왜 또 그 작은 구멍으로 기어들어갔담…….

속이 상했지만 아이의 성화때문이라도 허락할 수밖에 없었습니다.

"엄마, 정말? 네 알았어요."

허락은 했지만 괜히 일이 커지기라도 하면 어쩌나 걱정하고 있는데 한참 뒤 또 전화가 걸려 왔습니다.

"엄마, 베란다 안 깨도 된대. 새가 나왔어."

내 마음을 알아차리기라도 한 걸까… 구조대원들이 묘안을 짜낸 것입니다.

아래에서 불빛을 비추고 위에서 몰아붙이는 양동작전을 편 것입니다.

"얘야, 안 깨도 되겠다. 이렇게 하면… 불이 비치는 데로… 좋아 좋아."

새는 작전대로 불빛을 따라 구멍사이 작은 틈을 비집고 나와 하늘 멀리 날아갔습니다.

집에 돌아온 나는 아이의 방문을 열었습니다.

아이는 곤히 잠들어 있었습니다.

"아휴… 우리 착한 딸, 잘 자네……."

그날 밤, 새 한 마리를 구하고 고단해 잠이 든 아이의 일기장엔 그 대단한 무용담이 담겨 있었습니다.

수술비 백 원

집안에 가장노릇을 하며 살아 가는 작은 소녀가 있었습니다.

엄마가 계시지만 중병으로 앓아 누운 지 오래였고 어린 동생을 둘이나 품에 안고 살아 가야 했습니다.

그러던 어느 날, 얼굴이 사색이 된 동생이 부엌에 있던 누나에게 달려왔습니다.

"누 누나… 엄마가, 엄마가……."

"엄마가? 엄마가 뭐?"

소녀의 엄마한테 큰 고비가 닥쳤습니다.

"엄마, 왜 그래? 엄마 눈 좀 떠 봐, 엄마!"

"엄마… 으앙……."

엄마는 소녀의 외침에도, 철부지 어린 동생들의 울음 소리도 듣지 못하시는지 신음 소리만 내셨습니다. 다행히 옆방 아저씨가 소란한 소리를 듣고 달려와 구급차를 불러 병원까지 가게 됐습니다.

진찰을 한 의사 선생님과 보호자 면담까지 하고 나오신 아저씨의 얼굴이 어두웠습니다.

"아저씨, 우리 엄마 죽어요?"

"으응. 그게… 저… 수술을 하면 낫는다는데

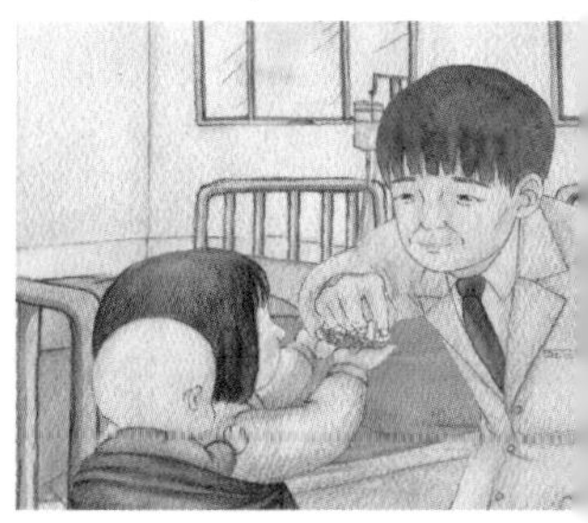

돈이 많이 든다는구나."

수술비가 문제였습니다.

"괜찮아요 아저씨. 나 돈 많아. 내가 가져올게요."

"뭐? 얘 얘, 정아야."

놀랍게도 아이는 수술비쯤은 아무 문제가 되지 않는다는 듯 집으로 달려갔고 한참 뒤 헐레벌떡 달려온 아이의 손에는 돼지 저금통이 들려 있었습니다.

"여기요, 선생님. 여기… 돈 많아요. 그니까 우리 엄마 살려 주세요."

보기에도 묵직한 돼지 저금통에는 십 원짜리, 백 원짜리 동전이 꽉 차 있었습니다.

"이거 봐요. 거짓말 아니죠?"

아이는 수술비를 낼테니 엄마를 살려 달라고 매달렸습니다.

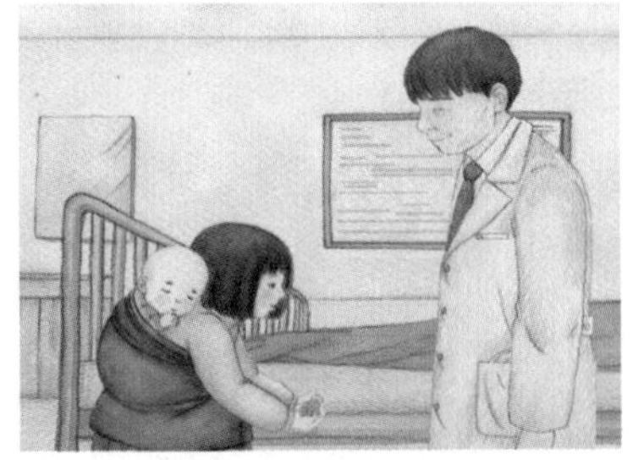

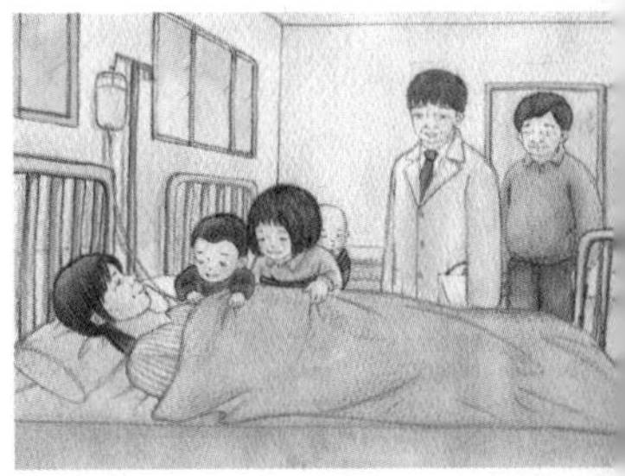

"울엄마 수술받게 해 줄거죠?"

아이가 기대에 찬 눈으로 의사를 올려다봤지만 그는 고개를 무겁게 내저었습니다.

"안된다, 얘야."

"예? 왜요?"

"왜냐하면 말이지. 그게… 너무 많아서 말야. 이것만 있으면 된단다."

의사는 놀란 아이의 눈 앞에 백 원짜리 은전 하나만을 들어 보였습니다.

"네? 정말요?"

수술비 백 원. 그것은 엄마를 살리고 싶은 아이의 간절한 소망이며 그 소망이 낳은 기적이었습니다.

돈

어느 날 하교길이었습니다.

친구랑 둘이서 큰길 횡단 보도에 신호를 기다리며 서 있는데, 눈 앞으로 휙 종이 조각들이 날아왔습니다. 은행에서 급히 나오던 아저씨의 종이 봉투에서 쏟아진 지폐였습니다.

“어머… 웬 돈이래?”

장바구니를 들고 가던 아주머니가 소리치며 돈을 주웠습니다. 길을 가던 사람들도 모두 달려들어 돈을 줍기 시작했습니다. 친구도 나도 바람에 펄럭이며 달아나는 돈을 열심히 주웠습니다.

얼마나 지났을까, 흩어진 돈들이 아저씨 품으로 하나둘 모여들기 시작했습니다.

“아이구 이런 고맙습니다. 고맙습니다.”

아저씬 연신 고맙다며 어쩔 줄을 몰라했습니다.

“돈이 맞는지 한 번 세 보세요.”

아주머니의 그 말에 아저씨가 하나둘 돈을 세기 시작했습니다. 우린 혹 돈이 모자라지 않을까 숨죽여 지켜봤습니다.

“여든아홉 아흔 아흔하나 아흔둘 아

흔셋."

돌아온 돈은 93만 원. 한뭉치면 100만 원일텐데…….

그런데도 아저씨는 활짝 웃으며 말했습니다.

"아, 맞네요. 이거 고마워서 어쩌죠? 제 아들이 사고만 나지 않았어도 사례를 할 텐데. 마음이 바빠서 가봐야겠습니다."

나는 미심쩍어 하면서도 주인이 맞다고 하니 다시 집으로 발걸음을 돌렸습니다.

그런데 몇 걸음 가다 말고 친구가 멈춰 섰습니다.

"너 먼저 가고 있어."

그러더니 뒤도 돌아보지 않고 오던 길을 되짚어 갔습니다.

의문이 속 시원히 풀린 것은 며칠 뒤 친구의 고백을 통해서였습니다.

그날 친구는 아저씨에게 달려갔습니다. 그리고 길에서 주웠던 7만 원을

돌려드리며 사죄했습니다.

"근데 아저씨, 왜 돈이 모자란다는 말씀 안 하셨어요?"

"글쎄… 내가 돈이 모자란다고 했으면 가진 사람이 당황했겠지. 그리고… 난 단지 돈이 바람에 날아갔을 거라고 생각했지 누가 일부러 안 내놓고 있다고는 생각을 안했거든."

친구는 그날 아저씨의 그 말에 잠시나마 나쁜 마음을 먹었던 자신이 부끄러웠다고 말했습니다.

나는 가만히 팔을 들어 그 용기있는 친구의 어깨를 감싸 주었습니다.

지팡이가 된 나무

아름다운 숲에 나무 한 그루가 살았습니다.

나무의 꿈은 아름드리 거목으로 자라 멋진 집의 기둥이 되거나 큰 배의 갑판이 되는 것이었습니다.

하지만 사실 나무는 작고 볼품없었습니다. 다른 아름드리 나무들은 허황된 꿈만 꾼다며 나무를 비웃었습니다.

그러던 어느 날 나라 안에서 제일가는 목수가 그 숲을 찾아왔습니다. 목수는 깐깐한 눈으로 숲을 둘러보며 재목감을 고르기 시작했습니다. 모든 나무가 목수의 눈에 띄고 싶어 가지를 흔들고 잎을 팔랑댔습니다.

목수는 미끈하게 잘빠진 아름드리 나무들을 다 제치고 그 볼품없는 나무 앞에서 걸음을 멈추었습니다.

"흠… 이 나무가 좋겠는데……."

나무는 황홀했습니다. 나라 안에 제일가는 목수의 눈에 들었으니 궁궐의 대들보가 되거나 하다못해 문짝이라도 될거라는 생각에 나무는 밑동이 잘리는 아픔도 참았습니다.

나무는 반듯한 목재들이 빼곡이 들어찬 공방으로 옮겨졌고, 목수는 노련한 솜씨로 나무를 다

듬어 나갔습니다. 다른 나무들의 부러움 속에 검고 울퉁불퉁한 껍질이 한 겹 벗겨지고, 하얀 속살이 드러났습니다.

그때까지만 해도 행복했던 나무는 한참 뒤 다른 나무들이 수군대는 소리를 듣고 깜짝 놀랐습니다.

"우쭐대더니 저 꼴 좀 봐."

"헤헤헤, 겨우 지팡이잖아."

'지… 지… 지팡이라니?'

충격이 채 가시기도 전에 목수는 나무를, 아니 지팡이를 들고 어디론가 갔습니다.

목수가 도착한 곳은 산 속 다 찌그러져 가는 오두막이었습니다.

안에서 나온 사람은 한쪽 다리가 불구인 노인이었습니다.

"영감님… 저… 여기."

"아이고 이렇게 고마울 때가……. 이 은혜를 뭘로 다 갚을지 원."

고맙다며 눈물까지 글썽이는 노인에게 목수가 말했습니다.

"은혜는요. 제가 더 고마운 걸요. 이 지팡이는 제가 평생 만든 어떤 물건 보다도 값진 것입니다. 만드는 동안 아주 행복했거든요."

"젊은 양반이 속도 깊지. 내 소중히 쓰리다. 잘 가요, 잘 가……."

"안녕히 계세요. 부디 잘 쓰십시오."

나무는 그제서야 생각했습니다.

궁궐의 대들보보다 큰 배의 갑판보다 노인의 지팡이가 돼서 얼마나 다행인지 모른다고 말입니다.

기차 대장

내가 화물열차 기관사로 일하던 시절이었습니다.

함께 일하는 부기관사는 기관사 시험에 몇 번이나 떨어져 이제는 거의 포기하다시피 한 선배였습니다.

직급은 비록 낮았지만 그는 사려 깊고 너그러워 모든 후배들이 따르는 사람이었습니다.

그런 그가 어느 날 어렵게 어렵게 입을 뗐습니다.

"저… 우리 막내 말이야. 이번 방학 때 기관차에 꼭 좀 태워달라고 성환데… 나참."

"아 그게 뭐 어렵습니까? 언제든지 데려 오세요."

"정말 그래도 되겠나?"

실제로 그건 그리 어려운 부탁이 아니었습니다.

며칠 후, 선배는 아홉 살 난 막내아들을 데리고 왔습니다.

"야, 네가 윤재구나."

"얼른 인사해야지."

"아저씨, 안녕하세요?"

아빠가 모는 기차를 타 보다니, 아이는 온 세상을 다 차지한 듯 기뻐

했습니다.

“이제 정말 아빠가 모는 기차 타는거야? 헤헤… 와… 신난다.”

“녀석…….”

하지만 기차에서 부기관사의 일이란 단순하기 짝이 없이 그저 기관사 옆 자리를 지키고 앉아 있는 게 전부였습니다. 창밖 경치에 눈을 팔고 있던 아이가 그 사실을 눈치챈 것은 종착역에 거의 다다랐을 무렵이었습니다. 두 사람을 번갈아 지켜보던 아이는 아무래도 이해할 수 없다는 듯 큰소리로 물었습니다.

“아빠, 근데… 아빠는 왜 가만히 있어요?”

아들의 갑작스런 질문에 당황한 그는 할 말을 찾지 못해 쩔쩔맸습니다.

“어… 어… 그게 저 그러니까…….”

나는 얼른 대답했습니다.

“아빠는 이 기차의 대장이란다. 대장은 그냥 시키기만 하면 되는 거야.”

그러자 아이의 얼굴이 금방 환해졌습니다.

“아하… 우리 아빠 최고다 최고!”

엉겁결에 기차 대장이 된 선배는 그 어린 아들의 눈에는 세상에서 가장 멋진 아버지였습니다.

양심판매대

충청도 한 작은 학교에서 생긴 일입니다.

서무실 한쪽 귀퉁이에 어느날부턴가 주인없는 문구판매대가 차려졌습니다. 볼펜이며 노트, 지우개 따위가 가지런히 진열된 문구판매대는 지키는 사람이 없었습니다.

대신 '양심함'이라고 쓰여진 나무통 하나가 진열대 한가운데 놓여 있고, 판매대 옆에는 '양심거울'이라는 이름의 전신 거울이 달려 있었습니다.

학생들은 양심거울에 자신의 모습을 비춰보며 양심함에 물건값을 넣고 거스름돈을 거슬러 갔습니다.

"자, 볼펜 하나 가져가고 돈은 이렇게 넣으면… 됐지?"

학생들은 물론 선생님들과 교장선생님도 양심문구점의 양심바른 단골손님이었습니다.

양심판매대의 결산책임자는 3학년 영주입니다. 아직 한번도 나간 물건과 들어온 돈이 일치하지 않은 적은 없었습니다.

그런데…….

"어? 그럴 리가 없는데… 이상하다.

디스켓 한 통, 볼펜이 두 개."

그 날은 예외였습니다. 있어야할 돈

에서 2천 원이 비는 것이었습니다.

영주는 걱정하던 일이 일어나기 시작했구나 싶어 화가 나고 속상했지만 하는 수 없이 결산결과를 게시판에 붙였습니다.

다음 날 영주는 불안한 마음으로 결산을 시작했습니다. 그런데 이상한 일이었습니다. 없어진 물건보다 통 속의 돈이 더 많은 것이었습니다.

"어? 2천원이 남네. 어떻게 된거지? 어… 이상하네… 아하! 맞다 맞아!"

남은 2천원, 그것은 돈이 없어 물건을 그냥 가져갔던 누군가가 갚은 외상값이었던 것입니다.

어떤 날은 돈이 모자라고 어떤 날은 돈이 남는 그런 일은 그 후로도 여러 차례 되풀이 됐습니다.

하지만 양심거울이 흐려진 적은 단 한 번도 없었습니다. 놀랍게도 말입니다.

〈문구판매 결산결과표〉
누적결산 결과
-2000

1000
양심함

앵두 서리

어느 날 하교길이었습니다.

단짝 미영이와 함께 집으로 가는데 날마다 지나는 집 담장 밖으로 빨간 앵두가 주렁주렁 달린 가지 하나가 늘어져 있었습니다.

"야아, 저거 봐!"

미영이가 소리쳤습니다.

무심코 지나쳐서였을까, 어제까지만 해도 없었는데…….

"이야!"

"헤……."

아무튼 그 빨간 앵두의 유혹이 너무나 강렬해 결코 그냥 지나칠 수가 없었습니다.

"으… 손이 안 닿아."

"조금만 더… 더."

우리는 담장 밑에 있던 벽돌 하나를 주워다 괸 뒤 까치발을 들고 서서 앵두를 치마 폭에 따 담기 시작했습니다.

그런데 바로 그 때 문이 열리고 주인 아주머니가 나오는 바람에 그만, 치마 폭에 따 담은 앵두를 죄 바닥에 쏟

고 말았습니다.

"큰일났다!"

'너희들 잘 걸렸다!'

'한번만 용서해주세요.'

순간 머리 속에서 그런 말들이 떠올랐습니다.

'이젠 죽었구나' 싶어 울상을 한 채 눈을 질끈 감았는데, 그때 아주머니의 목소리가 들렸습니다.

"아이구 이런… 어디 다친 덴 없니? 내가 나무를 너무 높이 맸나보다. 에그 이 아까운 걸……."

야단을 치기는커녕 땅바닥에 흘린 앵두를 주워 주고 안으로 들어가신 아주머니는 앵두나무 가지 몇 개를 더 담장 밖으로 내놓았습니다.

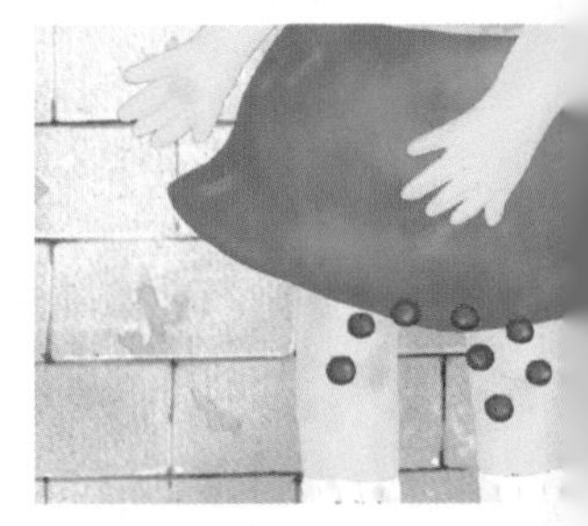

"자 이젠 됐지? 앵두 먹고 싶으면 언제든 와도 된다."

아주머니는 동네 아이들이 마음껏 따먹을 수 있도록 앵두 가지를 일부러 담장 밖으로 늘어뜨려 놓았던 것입니다.

아주 중요한 사건

산골 작은 동네 오두막에 할머니 한 분이 살고 있었습니다.

식구라고는 할머니처럼 늙은 고양이 한 마리뿐, 끼니 맞춰 밥 주고 재롱을 받아주는 것이 할머니의 유일한 낙이었습니다.

그러던 어느 날 할머니에게 아주 큰 사건이 일어났습니다.

밤사이 고양이가 사라진 것입니다.

"나비야… 아이고 내 새끼 어디 갔나? 나비야……."

애타는 목소리로 나비를 불러보았지만 고양이는 보이지 않았습니다.

정신이 나간 사람처럼 하루 종일 동네를 헤매는 할머니를 보며 사람들은 그깟 고양이 한 마리 때문에 참 극성이라고 생각했습니다.

그러나 할머니에게 나비는 그냥 고양이 한 마리가 아니었습니다.

그 일이 있은 후, 할머니마저 보이지 않자 동네 사람들이 숙덕거리기 시작했습니다.

"어디 아프신가?"

"한번 들어가 봐야 되는 거 아냐?"

하지만 그 누구도 어떤 대책도 내놓지 못한 채 하루가 가고 이틀이 흘렀습니다.

나는 경찰서로 가서 도움을 요청했습니다.

고양이 실종신고를 한 것입니다.

홀로 사는 할머니가 혈육과도 같은 고양이 나비를 잃어버렸다는 전단이 동네 사방에 나붙었습니다.

사연을 알게 된 동네 사람들은 누가 먼저랄 것도 없이 나서서 고양이 수색작전을 벌였습니다.

나비가 발견된 것은 그 날 저녁, 남의 집 창고에 놓은 쥐덫에 발이 걸려서 꼼짝 못하고 있었던 것입니다.

고양이는 곧 할머니 품에 안겼습니다.

“아이고, 이놈아 어디 갔다 온겨? 이 할미 애간장 다 태우고…….”

집 나간 자식이라도 돌아온 듯, 기뻐서 어쩔 줄 모르는 할머니를 보면서 이웃들은 할머니의 외로움에 무관심했던 자신들을 탓하지 않을 수 없었습니다.

나비는 의지가지 없는 할머니에게 정을 쏟을 아들이며 며느리이고, 손자였던 것입니다.

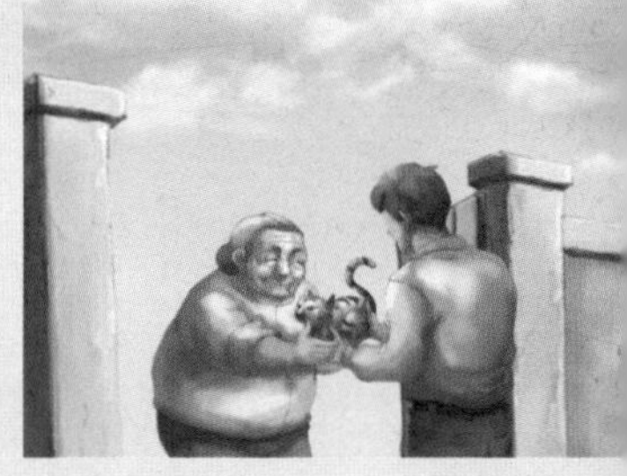

노란 모과

지독히도 가난했던 어린 시절의 일입니다.

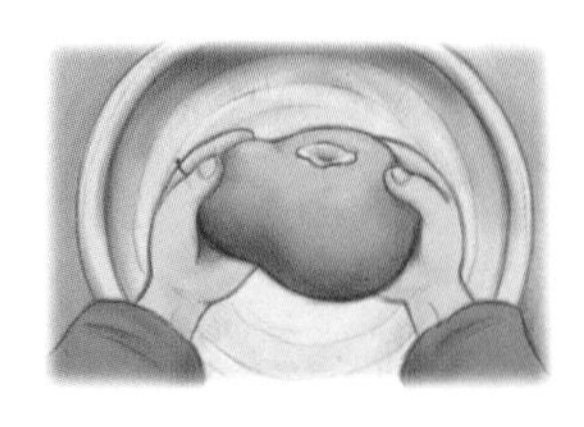

나는 잘사는 친구네집 마당에서 탐스럽게 익어 가는 노란 과일에 끌려 날마다 그 담장 밑을 맴돌곤 했습니다.

하지만 그 과일 맛을 볼 기회는 좀처럼 오지 않았습니다.

그러던 어느 날. 동네 아이들과 고무줄놀이를 하고 있는데 친구가 바로 그 노란 과일을 보물처럼 들고 와 자랑하기 시작했습니다.

"와! 모과다. 나 한입만 주라."

"나도 나도."

가난했지만 자존심 하난 강했던 나는 그저 바라볼 뿐 차마 손을 내밀지 못했습니다. 그런데 모과는 내 차례까지 오지도 않은 채 땅에 버려졌습니다.

"에, 뭐야. 퉤퉤."

나는 아이들이 다 돌아간 후 슬그머니 그 잇자국 난 과일을 주워들곤 누가 볼새라 집으로 달려왔습니다. 그렇게나 군침을 흘리던 노란 과일, 얼른 한 입 베어 맛을 보고 싶었지만 아파서 누워 계신 엄마한테 먼저 드려야 한다는 생각에 깨끗이

씻어 들고 들어가 엄마 앞에 내밀었습니다.

"엄마, 이거 친구가 줬는데 엄마 드세요, 헤헤."

엄마는 내 성화에 못이겨 모과를 한 입 베어 물고 맛있게 드셨습니다.

"음. 맛있구나."

"정말? 헤헤."

그리곤 아파서 입맛이 없다며 모과를 내려놓으셨고 철부지 동생들이 기다렸다는 듯 낚아챘습니다.

"오빠, 나두 나두."

"자, 누나 먼저 한 입 먹어."

그토록 먹고 싶던 과일. 마침내 콱 깨무는 순간, 떨떠름함이라니.

"누나 왜 그래. 맛없어?"

나는 비로소 그것이 생으로 먹기는 힘든 과일이라는 걸 알게 되었습니다. 그땐 모과한테 속은 기분이 들어 억울하기도 했지만, 무엇보다 아픈 엄마한테 그렇게 맛없는 과일을 주워다 드린 내 자신이 죽도록 미웠었는데…….

어린 딸 무안할까봐 맛있다며 먹어 주던 엄마가 하늘나라로 가신 지금도 모과만 보면 그 가난한 추억이 떠올라 가슴 한 켠이 아려옵니다.

아이들의 비밀

몹시 추운 어느 겨울날이었습니다.

점심시간이 끝나고 5교시 수업에 들어갔을 때의 일입니다.

"으응?"

안 그래도 추워서 얼어붙을 지경인데 아이들이 창문을 죄 열어제친 채 몸을 잔뜩 웅크리고 있었습니다.

"으으 호……."

"어휴 추워라… 니들은 안 춥냐?"

"추워요."

"아니 그런데 창문은 왜 있는 대로 열어 제쳤어?"

물어도 묵묵부답, 닫으래도 못들은 척, 아이들은 추위에 떨면서도 한 시간 내내 창문을 닫지 않았습니다.

"나참 별일이네. 으으… 춥다, 추워……."

의문이 풀린 것은 수업을 마치고 교무실에서 그 반 담임을 만난 후였습니다.

"추워서 혼났네. 김 선생님 반 애들은 기운이 남아도나 봐요."

"예? 아, …저도 들었어요. 그게 사실

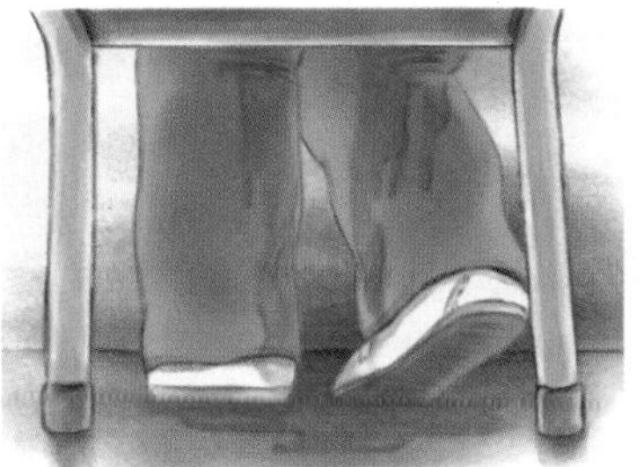

은요…… ."

사연인즉, 그 반에 특수학급에서 온 아이가 있는데 4교시 수업시간중에 그만 큰 실수를 했다는 것이었습니다.

"뭐야, 무슨 냄새야 이게?… 어휴 냄새야."

옷을 버린 것은 물론이고 교실 바닥까지 지저분해진 상황.

그런데 바로 그때 반장과 짝꿍이 벌떡 일어나 일을 수습하기 시작했습니다.

오물을 치우고 숙직실로 그 친구를 데리고 가 목욕을 시켜 체육복으로 갈아 입혔습니다.

그리고 더럽혀진 교복과 속옷까지 빨아 널었습니다.

그것은 중학교 1학년 짓궂은 아이들에게 매우 흥미로운 사건임에도 불

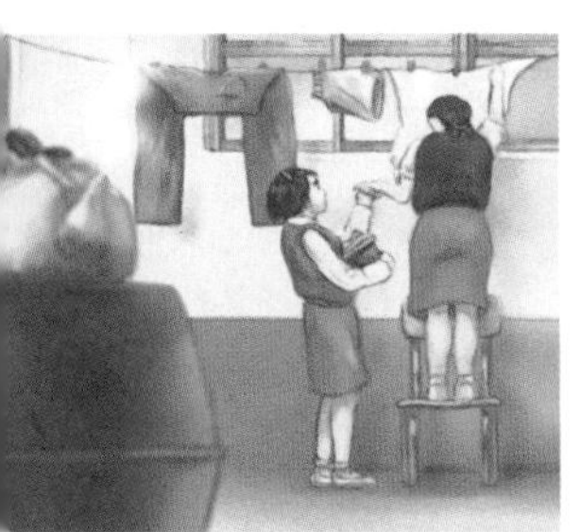

구하고 친구의 실수를 덮어 주기 위해 비밀로 간직한 채 추위를 견딘 것 입니다.

나는 다음 날 그 속 깊고 대견한 마흔 명 애어른의 머리를 차례차례 쓰다 듬어 주었습니다.

고양이와 생선

한겨울 바닷가 작은 포구에서 실제로 있었던 일입니다.

떠돌이 어미고양이 한 마리가 어느 집 헛간에 주인 몰래 몸을 풀었습니다.

"우데서 괭이 앓는 소리가 나는 기고?"

이상한 소리에 놀라 헛간을 둘러보던 안주인이 고양이를 발견했을 때, 어미는 산고에 기진맥진한 몸으로 새끼들을 품에 안고 있었습니다.

"세상에… 이를 우야노? 괘안타… 가만 있거래이."

안주인은 새끼들을 보호하려는 어미가 기특하고 또 안쓰러워 부랴부랴 헌 담요로 바람막이를 해 주고 먹을 것도 가져다 주었습니다.

어미고양이는 주인의 고운 마음을 읽었는지 곧 경계심을 풀고 그 따뜻한 호의를 받아들였습니다.

그렇게 한 달, 두 달, 긴 겨울 내내 식객노릇을 하면서 어미도 새끼도 건강해졌습니다.

그러던 어느 봄날 여느 때처럼 밥을 차려들고 헛간으로 간 주인은 깜짝 놀랐습니다.

"야들이 우데 갔노?"

어미고양이가 새끼들을 데리고 어디론가 떠난 것이었습니다.

"뭘 그래 호들갑을 떨어쌌노? 어디 놀러 나갔겠제."

남편 말대로 잠깐 놀러 갔을지도 모른다는 생각에 기다렸지만 고양이는 다시 돌아오지 않았습니다.

이상한 일은 그 해 추석 무렵부터 일어났습니다.

대문간에 놓인 생선 한 마리. 처음엔 그저 누가 흘리고 간 것이라고 생각했는데, 그 후로 2년 동안이나 명절날만 되면 명태, 고등어, 넙치 같은 생선이 문 앞에 놓여 있는 것이었습니다.

"참말로 귀신이 곡할 노릇이데이……."

또 설이 다가오자 가족들은 대체 누구 짓인지 알아내기로 하고 순번을 정해 망을 보기 시작했습니다.

그러기를 몇 시간… 믿을 수 없는 일이 벌어졌습니다.

"왔다! 고양이다, 고양이!"

"쟈가 뭐라카노?"

2년 전 몸을 풀고 떠났던 그 어미고양이가 생선 한 마리를 물고 나타난 것입니다.

"야옹… 야옹."

고양이는 생선을 문간에 얌전히 놓고 집안을 한참이나 들여다본 뒤 돌아갔습니다. 고양이가 제아무리 영리한 동물이라고 해도, 해마다 명절인사를 다녀간다는 것은 두 눈으로 똑똑히 본 가족들조차 상상할 수 없는 일이었습니다.

그러나 그 기적과도 같은 은혜갚음은 그 후로도 몇 차례나 되풀이됐습니다.

2

빗방울 소나타

20년 전의 인형

어렸을 적 아버지는 일년 중 절반을 해외출장으로 보냈습니다.

"소현아 미현아… 아빠 왔다."

"야아, 아빠다!"

그리고 돌아오실 때는 초콜릿이며 학용품, 인형 같은 선물을 한아름 사 오셨습니다.

"자 이건 미현이 꺼, 이건 소현이 꺼."

유난히 초콜릿을 좋아했던 나는 언제나 내 몫을 할당받자마자 그 자리에서 모조리 먹어치웠습니다. 하지만 동생은 서랍 가득 아빠의 선물들을 모아놓고 지독하다 싶을 만큼 아꼈습니다.

나는 마지막 사탕 한 알까지 다 먹어치운 뒤 필통이나 샤프펜슬 같은 선물을 동생 몫의 초콜릿과 바꿔먹곤 했습니다.

"자… 필통 여기 있어."

"여기 있어… 나중에 딴말하기 없기다."

그렇게 필통이, 장난감이, 수첩이 동생 손으로 넘어갔습니다.

그러던 어느 날, 또다시 출장에서 돌아온 아버지는 내 생일선물로 아주 특별한 것을 사 오셨습니다.

"자… 우리 큰공주님 생일이 내일모레지?"

"와! 아빠, 고맙습니다."

빨간 상자 속에 든 생일선물. 그것은 내 어린 눈에 세상에서 가장 예쁜 인형이었습니다.

"우와! 헤헤."

나는 너무 좋았습니다. 초콜릿이 아무리 먹고 싶어도 인형만은 절대로 바꾸지 않을 참이었습니다.

하지만 그 결심은 오래가지 않았습니다. 끝내 달콤한 유혹을 이기지 못하고 동생과 또 한번 물물교환을 해 버린 것입니다.

"자, 사탕도 줬다."

그리고는 얼마나 깊이깊이 후회를 했던지…….

초콜릿에 반해 아무도 못말리던 어린 시절이 그렇게 지나갔습니다.

그런데 결혼식을 앞둔 날 저녁, 동생이 내 방으로 찾아왔습니다. 결혼 선물이라며 동생이 건넨 것은 20년 전 내가 초콜릿과 바꿨던 바로 그 인형이었습니다.

"이거 나 주고 언니 잠도 못잤지?"

아버지가 돌아가신 뒤 기억 속에 가장 큰 아쉬움으로 남아 있던 아버지의 생일선물.

동생이 내게 돌려준 건 그냥 인형이 아니라 20년 간 차곡차곡 쌓아온 사랑이었습니다.

어머니의 보석상자

지난 봄이었습니다.

나는 사업에 실패하고 알량한 집 한 칸마저 저당잡혀서 오갈 데가 없어졌습니다.

젊은 나야 한뎃잠을 자도 상관없지만 몸져 누운 어머니가 이모네집 군식구로 눈칫밥을 드셔야 한다는 게 가슴 아팠습니다.

"저… 엄마 몇 달만 고생하세요."

어머니는 장롱 속에 깊숙이 간직했던 보석상자 하나를 꺼내 옷 보따리에 챙겨 넣었습니다.

내가 아주 어렸을 때부터, 어머니가 애지중지 아껴오던 보석상자 안에 있는 게 뭔지는 몰라도 나는 틀림없이 귀한 물건일 것이라고 짐작했습니다.

"저… 엄마! … 아니에요."

어머니가 이모 집으로 가신 후, 여기저기 돈을 꾸러 다녔지만 번번이 퇴짜를 맞게 된 나는 점점 불안하고 초조해져서 별의별 생각이 다 들었습니다.

"틀림없이 뭔가가 있어……."

나는 어머니의 그 보석상자에 들어 있을 귀금속들이 빚을 갚아줄지도 모른다는 생각에 어머니를 찾아갔습니다.

나는 무릎을 꿇고 어머니에게 보석상자 얘기를 꺼냈습니다.

하지만 어머니는 요지부동, 그것만은 내줄 수 없다고 잘라 말했습니다.

“그건 안 된다. 절대로 안돼.”

나는 궁지에 몰린 아들을 끝내 외면하는 어머니가 몹시도 원망스러웠습니다.

그로부터 반 년 뒤, 어머니는 지병이 악화돼 세상을 뜨셨습니다.

“글쎄… 참는 김에 며칠만 더… 제발요…….”

하지만 슬퍼할 겨를도 없이 빚 독촉에 시달리던 나는 문득 어머니의 보석상자가 생각나 이모 집으로 달려갔습니다.

상자는 그대로 있었습니다. 혹시나 귀금속을 기대했던 나는 그 안에 있는 물건을 보고 눈물을 흘리지 않을 수 없었습니다.

상자에는 옛날옛날 내가 아주 어렸을 적, 어머니께 만들어 드렸던 카네이션 한 송이가 들어 있었습니다. 학교에서 색종이를 접어 만든 빨간 카네이션.

어머니에겐 그 빛바랜 카네이션이 세상 그 무엇과도 바꿀 수 없는 보석이었던 것입니다.

빗방울 소나타

아버지와의 길고 치열한 다툼 끝에 엄마가 집을 나갔습니다.

그날은 폭풍우가 무섭게 휘몰아쳤습니다. 화를 삭히려는 건지, 잊으려는 건지, 아버지는 밤늦도록 애꿎은 소주병만 비워댔고 나는 이불 속에서 숨조차도 안으로 삼키며 누워 있었습니다.

"휴… 이놈의 팔자."

나는 왠지 아버지의 그 한숨과 푸념의 뜻을, 그리고 절망의 깊이를 알 것만 같았습니다.

나는 곯아떨어진 아버지의 초라한 몸에 홑이불자락을 덮어 드렸습니다.

그런데 그 밤 엄마도 없는 우리 집 천장에선 굵은 빗방울이 뚝뚝 떨어졌습니다.

낡을 대로 낡아 그냥 허물어져 버릴 것만 같은 천장, 그칠 줄 모르고 쏟아지는 지독한 폭우… 나는 급한 김에 집안의 큰 그릇이란 큰 그릇은 있는 대로 가져다 비받이를 만들었습니다.

아마도 그 비 새는 소리가 새벽같이 일어나 막일을 나가야하는 아버지의 신경을 몹시도 거슬리게 했나 봅니다.

"에이, 이놈의 집구석… 지겹다 지겨워."

아버지를 괴롭힌 건 빗소리가 아닌지도 모릅니다.

집 나간 엄마 생각이 나서 더 견딜 수 없었던 건지도 모릅니다.

어떻게든 아버지를 위로하고 싶었던 나는 슬며시 일어나서 밖으로 나갔습니다.

다음 날 새벽, 아버지는 꿈결 같은 음악소리를 들으며 잠을 깼습니다.

"어? 웬 음악소리지?"

그리고 내가 밤새 해 놓은 걸 보고는 깜짝 놀랐습니다.

크고 작은 유리그릇들이 연주하는 빗방울 소나타.

비 새는 구질구질한 소리 대신 방안엔 음악소리가 가득했던 것입니다.

"녀석, 니가 애비보다 낫구나."

아버지는 작은 미소를 지으며 나를 꼭 껴안아 주셨습니다.

그날 나는 아버지의 품이 그렇게 따뜻하다는 걸 처음으로 알게 됐습니다. 빗방울 소리가 그렇게 아름다울 수 있다는 사실과 함께 말입니다.

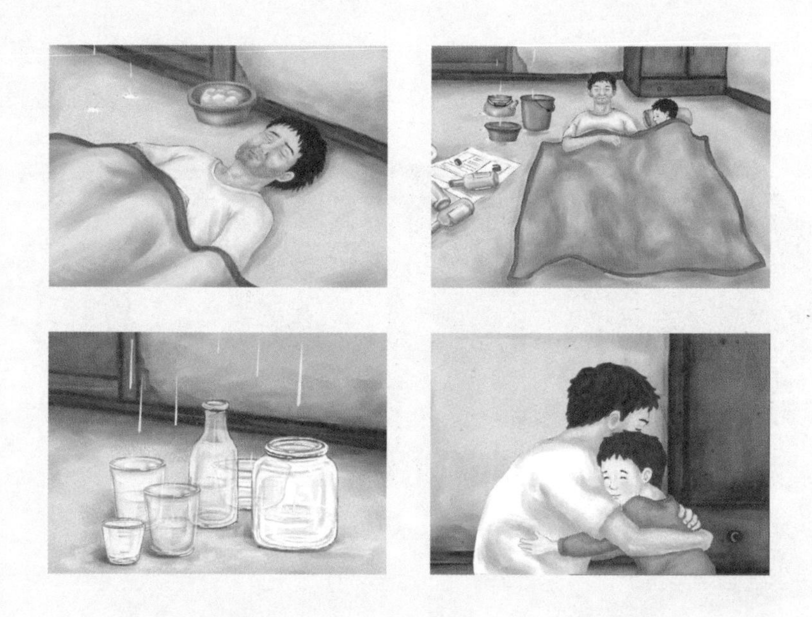

우렁각시

나는 겨울 거리의 군고구마 장수를 보면 그냥 지나칠 수가 없습니다.

10년 전 돌아가신 친정아버지가 그리워서 입니다.

술 담배를 입에 대지 못하던 아버지는 늘 새벽에 새참을 먹는 습관이 있었습니다. 동치미와 찹쌀떡, 감자, 메밀묵… 엄마는 그런 것들을 떨어지지 않게 마련해 두었습니다.

그런데 초등학교 6학년 때 어머니가 돌아가신 후로 가족 중 누구도 거기까지 생각이 미치질 못했습니다.

그러던 어느 날 새벽녘, 부시럭대는 소리에 잠을 깬 나는 아버지가 양푼에 찬물을 가득 떠서 벌컥벌컥 드시는 걸 보게 됐습니다.

어린 마음에도 그런 아버지가 안돼 보여, 뭘 드리면 좋을까 고민하던 내 눈에 방귀퉁이 고구마가 들어왔습니다.

"그래! 저거다……."

그 날부터 나는 저녁때가 되면 군불 지핀 아궁이에서 아무도 모르게 고구마를 서너 개씩 구워내기 시작했습니다.

어느 날은 새까맣게 타고 어느 날은 설익고… 뜻대로 되지 않았지만 아버지가 주무시는 머리맡에 물그릇과 함께 고구

마를 두고 나오면 스스로 그렇게 대견할 수가 없었습니다.

하나쯤 먹고 싶어도 꾹 참고 아침에 일어나 보면 아버지는 고구마 한 개를 꼭 남겨두셨습니다.

나는 아버지가 남겨준 군고구마를 먹는 재미로 그 은밀한 일을 겨우내 계속했습니다. 하지만 아버지도 나도 그 일에 대해서는 서로 단 한마디도 하지 않았습니다.

난 우렁각시처럼 잠든 아버지 머리맡에 군고구마를 갖다 놓았고 아버지는 그중 하나를 내 몫으로 남겨놓음으로써 고마움을 표현했던 것입니다.

"고구마 드려요?"

군고구마 장수가 내게 묻습니다.

"네? 아 네……."

아버지의 밤참을 걱정하지 않아도 되는 지금도 나는 군고구마만 보면 그 먼 옛날 일이 떠올라 가슴이 아립니다.

군고구마

엄마와 좀도둑

집안의 물건들이 하나둘 없어진다는 걸 제일 먼저 발견한 건 엄마였습니다.

"엄마, 뭘 그렇게 찾아?"

"이상하다… 분명히 여기 둔 것 같은데."

처음엔 우리 모두 엄마의 건망증이려니 생각했고 없어지는 물건도 쌀, 라면, 조미료 같은 하찮은 것인데다 양이 적어서 그다지 신경을 쓰지 않았습니다.

"어휴……."

엄마는 빈 찬장을 보며 낮은 한숨만 지었습니다.

하지만 그런 일은 매주 수요일, 엄마가 집을 비우고 난 날이면 어김없이 일어났고 집안이 누군가의 손을 탄다는 건 여간 불쾌한 일이 아니었습니다.

"엄마, 경찰에 신고할까?"

나는 열쇠를 바꾸고 경찰에 신고하자고 했지만 엄마는 한숨만 지으며 그런 나를 말렸습니다.

오히려 그 좀도둑이 올 때쯤이면 기름진 음식을 만들어 놓고 일부러 눈에 잘 띄는 곳에 돈을 놓아두기까지 했습니다.

나는 그런 엄마의 선행이 못마땅해 좀도둑의 행적을 조사하기 시작했습니다.

엄마가 문화센터에 가는 수요일, 나는 도

서관에 간다고 집을 나간 뒤 엄마의 외출에 맞춰 집으로 돌아왔습니다.

몇 분 뒤, 달그락대는 소리와 함께 현관문이 열렸습니다.

누군가 조용히 안으로 들어 오는데 나는 식은땀을 흘리며 야구방망이 쥔 손에 힘을 주고 있다가 그만 비명을 지를 뻔했습니다.

"헉."

좀도둑이 다름 아닌 시집간 누나였던 것입니다.

"어…?"

나는 잠시 꼼짝하지 않고 그 자리에 가만히 서 있었습니다.

완강한 아버지의 반대를 무릅쓰고 힘들게 결혼한 누나가, 부모님의 가슴에 대못을 박고 떠난 집을 만삭의 몸이 되어 몰래 찾은 것입니다.

돌아누울 곳도 없는 초라한 방에서 얼마나 못 먹고 얼마나 뒤척였던지

그 곱던 얼굴이 반쪽이 된 누나를 보고서야 좀도둑을 때려잡자는 말에

눈물을 흘리던 어머니의 마음을 알 수 있었습니다.

마지막 거짓말

어머니가 병을 이기지 못하고 끝내 세상을 버리시던 날이었습니다.

아들은 어머니께 했던 거짓말이 가슴에 가시처럼 걸려 꺼이꺼이 울었습니다. 죽음의 그림자가 어머니를 덮친 것은 석 달 전이었습니다.

"엄마. 왜 그래요, 엄마?"

속이 안좋아 찾아갔던 병원에서 위염이라며 약을 지어 주었는데 차도가 있기는커녕 통증이 점점 심해졌습니다. 정밀조사를 한 결과 어머니의 병명은 위암, 그것도 말기라는 청천벽력 같은 진단이었습니다.

"엄마……."

그 날부터 자식들이 모두 나서 밤샘간호를 하고 세상천지 좋다는 명약은 다 구해 드렸지만 정성도 아랑곳없이 어머니는 하루가 다르게 기력을 잃어 갔습니다.

"아무래도 마음의 준비를 하셔야겠습니다."

의사는 가족들을 불러 말했습니다.

돌아가시기 사흘 전, 어머니는 의사가 보는 앞에서 가족들을 다 모아놓고 힘없는 입술을 움직였습니다.

"가기 전에 좋은 일이라도 하고 싶다. 나 죽거든 내 장기를 죽어가는 사람들

을 살리는 데 쓰거라."

순간 의사는 당황했습니다.

위암 말기로 속이 썩을 대로 썩은 분이 장기를 기증하겠다니… 의사가 뭔가 말하려하자 아들이 얼른 가로막았습니다.

"예, 엄마. 엄마 말씀대로 할게요."

의사가 당황한 표정으로 아들을 바라봤고 아들은 한쪽 눈을 찡긋해 보였습니다.

갑작스런 죽음 앞에 땅이 꺼지고 하늘이 무너질 어머니께 장기조차 쓸모없게 됐다는 걸 차마 알려드릴 수 없었던 아들.

아들은 그 마지막 거짓말이 죄스러워 어머니의 영정을 마주 볼 수가 없었습니다.

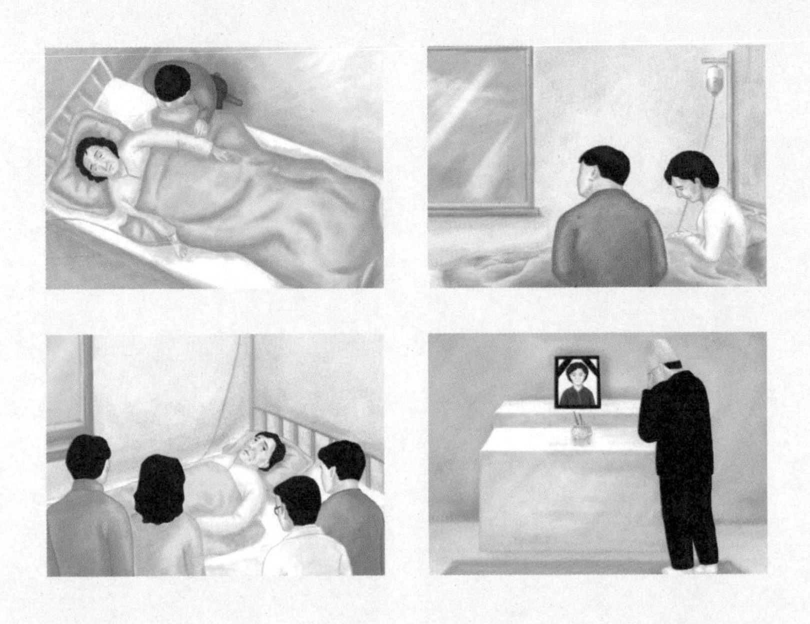

아버지와 미루나무

모처럼 여유가 생겨 아내와 아이들을 데리고 고향집에 내려갔습니다.

12년 전 아버님이 돌아가신 후, 사남매를 다 도시로 떠나보내고 어머니는 홀로 고향에 남아 땅을 일구며 살고 계셨습니다.

"아이고, 이 먼 데를 왔나…. 자, 자 이거 묵자."

고단한 들일에 한 치, 외로움에 또 한 치, 이마의 주름이 더 깊어진 것만 같아 마음이 아팠습니다.

서울 가서 함께 사시면 좋을 텐데……. 하지만 어머니는 백 번을 고쳐 물어도 아버지가 묻혀 계신 이 땅을 떠날 생각이 없다고 하셨습니다.

이튿날 아침, 아버지 산소에 가기 위해 온 가족이 부산한 준비를 마치고 차에 타려는데 10리 길이나 걸어가야 하는 곳을 어머니가 굳이 걸어가자시는 것이었습니다.

"야들아, 날도 좋은데 그냥 걸어가자."

말이 끝나기도 전에 어머니는 훠이훠이 사립문을 나섰고 우린 더이상 토를 달지 못한 채 그 뒤를 따랐습니다.

처음에는 신나하던 아이들이 먼저 지쳤고 아내도 못마땅한 표정을 감추지 못했습니다.

"어휴, 도대체 얼마나 더 가야 돼요?"

"응? …휴."

그 말을 들었는지 앞서가시던 어머니가 걸음을 멈추고 뒤를 돌아보셨습니다.

"어머니! 여기서 잠깐 쉬어가죠."

어머니의 허락이 떨어지기도 전에 우린 길가 미루나무 그늘에 털썩 주저앉았습니다.

"느이 아부지 살아계실 땐 이 근동이 다 우리 땅이었는디… 니들 가르치느라고 야금야금 떼 팔었지… 이 나무들도 다 아부지가 심으신거여."

그러고 보니 내 어린 시절 기억 속엔 언제나 나무를 심는 아버지의 모습이 자리잡고 있었습니다.

"아버진 왜 하필 열매도 안 열리는 미루나무를 심으셨지?"

"꼭 열매를 맺어야 나무는 아닌겨……."

어머니는 미루나무를 만지며 하늘을 바라보았습니다.

"느이 아부지가 이 나무를 심으면서 뭐랬는지 알어?"

'나무들아, 어서어서 자라서 우리 애들이 이 길을 걸을 때, 시원한 그늘이 되어 주거라.'

아무 대꾸도 못한 채, 애꿎은 나무 허리만 쓰다듬는 내 손을 어머니가 꼭 잡으며 말했습니다.

"죽기 전에 꼭 한번 느이들이랑 이 미루나무 길을 걸어보고 싶었다."

나무가 아니라 돌아가신 아버지가 팔 벌리고 서 계신 길. 길은 더 이상 멀지도 힘겹지도 않았습니다.

곰보빵

아버지가 돌아가신 지 5년이 지났습니다.

해마다 기일이면 나는 제상에 우툴두툴 제멋대로 생겨먹은 곰보빵을 올립니다.

조선천지 그런 법은 없다고 말리던 아내도, 제상에 웬 빵이냐고 경악을 금치 못하던 사촌들도, 곰보빵의 사연을 알고 난 뒤론 아예 제상 한가운데 곰보빵을 진설할 정돕니다.

너나없이 배곯기를 밥 먹듯 하던 시절, 가난한 가장이었던 아버지는 공사장 막노동으로 생계를 꾸렸습니다.

해가 서산으로 넘어갈 무렵이면 나는 동구 밖을 서성이며 아버지를 기다리곤 했습니다. 멀리서 아버지의 모습이 보이면 얼마나 반갑던지.

"아버지!"

"오냐. 우리 아들 오늘도 아부지 마중 왔네."

철부지 아들이 진짜로 기다렸던 것은 아버지가 남루한 작업복 앞주머니에서 꺼내주는 곰보빵 하나였습니다.

"아하! 이거…? 옛다! 먹어라."

"와, 곰보빵이다!"

빵은 늘 찌그러진 모양이었지만 맛은 우리 집의 만년간식인 감자나 고구마보다

열 배 백 배 좋았습니다.

"원 녀석… 체할라. 천천히 먹어."

그러던 어느 날 하교 길이었습니다.

공사장 앞을 지나다가 무거운 질통을 지고 벽돌을 나르는 아버지를 보게 됐습니다.

짐이 무거운지 아버지는 가쁜 숨을 내쉬었습니다.

그리고 조금 뒤, 간식으로 나온 곰보빵 한 봉지. 아버지는 빵봉지를 손에 든 채 마른침만 꿀꺽 삼키다가 작업복 주머니에 넣곤 근처 수돗가로 가서 수도꼭지에 입을 댄 채 벌컥벌컥 수돗물로 허기를 채우셨습니다.

그날 저녁 나는 다른 때와 마찬가지로 동구 밖까지 아버지를 마중 나갔지만 아버지가 작업복 주머니에서 꺼내 주는 찌그러진 곰보빵을 차마 먹을 수 없었습니다.

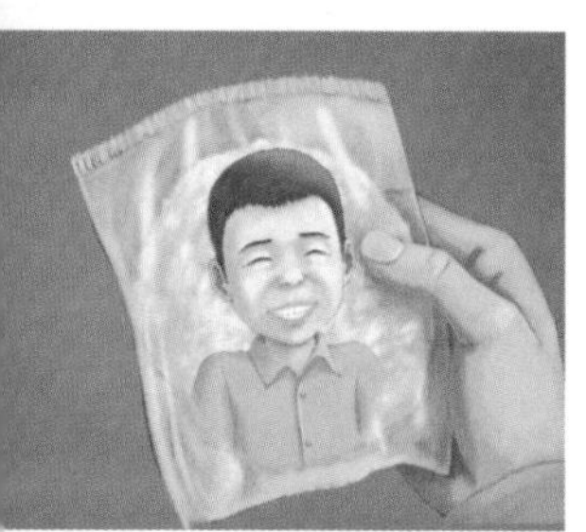

"곰보빵은 질렸어요. 이제 아버지 드세요."

"응?"

그때 그 가슴 시린 기억이 지워지질 않아 철이 든 뒤부턴 생신 때에도,

어버이날에도 꼭 사 드리던 곰보빵.

더 이상 곰보빵을 드실 수 없게 된 지금, 나는 아버지의 제상에 곰보빵을

올립니다.

아버지가 사 주신 중고차

어느날 저녁 뜨개질을 하던 아내가 뜬금없이 말했습니다.

"여보, 저기… 우리도 차 한 대 새로 살까 봐요."

"차? 아니 우리 차가 어때서?"

"아버님 병원 가실 때마다 불편해 하시잖아요."

듣고보니 그랬습니다.

폐암에 걸려 투병중인 아버지. 착한 아내는 불편한 승합차로 아버지를 병원까지 모시고 다니는 일이 마음에 걸렸던 것입니다.

그날부터 우리 부부는 이런저런 자동차 광고 전단을 잔뜩 구해다 늘어놓고 가격과 연비 같은 것들을 꼼꼼히 따졌습니다.

마침내 새 차를 고르고 선금까지 치른 어느날 밤, 카센터를 하는 여동생으로부터 전화가 걸려왔습니다.

"다들 잘있지 그럼. 근데 무슨 일 있냐?"

"응, 그게… 아버지한테 전화 안왔어?"

"전화? 안왔는데?"

"어? 아버지가 오빠네 준다고 중고차를 하나 사 놓으셨는데……."

아들이 털털거리는 승합차를 10년 넘게 쓰는 게 안쓰러웠던 아버지가 시금치를

팔아 한푼 두푼 모은 돈으로 80만 원짜리 중고차를 사 놓았다는 것이었습니다.

그날부터 우리 부부는 또다른 고민에 빠져들었습니다.

당신이 사 주신 차를 받고 좋아하는 모습을 보고 싶을 아버지… 새 차 올 날만을 손꼽아 기다리는 아이들…….

이러지도 저러지도 못하고 있을 때, 아내가 명쾌하게 결론을 내렸습니다.

"우리… 아버님이 사 주시는 차 받자."

"뭐? 애들은? 계약금은?"

"지금은 아버님만 생각하자구요. 계약금은 무르면 되고 애들은 달래지 뭐."

자동차가 도착하던 날 밤, 아내는 아버지께 전화를 걸었습니다.

"아버님, 차 잘 탈게요. 네 네. 아뇨 아직 새 차던걸요."

아내의 착한 거짓말에 아버지가 얼마나 흐뭇해 하실지…….

다음 날 우리 부부는 징징거리는 아이들을 겨우 달래 아버지가 사 주신 80만 원짜리 중고차를 몰고 아버지 계신 고향집으로 첫 드라이브를 나섰습니다.

파스 한 장

작은 시골마을에 홀로 사는 어머니가 있었습니다.

하나뿐인 딸을 도시로 보내고 죽어도 고향언덕을 지키겠노라 남은 어머니.

"콜록 콜록……."

바쁘다는 핑계로 걸음 뜸한 딸을 이제나 저제나 기다리다 허해진 어머니가 그 무심한 딸 목소리라도 듣고 싶어 전화를 걸었습니다.

"엄마. 왜 무슨 일 있어?"

"일은 무슨 일. 어디 아픈 데는 없고?"

"아플 새도 없네… 엄마는?"

"그냥 그려. 바쁜데 그럼 그만 끊자."

모녀의 통화는 늘 이런 식이었습니다.

어머니의 쓸쓸한 가을이 그렇게 흘러가고 딸의 치열한 겨울이 또 그렇게 지나갔습니다.

그리고 찾아온 봄날, 어머니는 무심한 딸을 꾸짖기라도 하듯 온다간단 말 한마디 없이 세상을 뜨셨습니다.

참 황망한 영결 끝에 돌아와 가슴을 짓찧던 딸이 흐느끼다 설핏 든 잠 속으로 어머니가 찾아왔습니다.

그리고 가랑잎처럼 마른 가슴을 문질렀습니다.

"막내야… 여기가 아프구나. 파스 좀 붙여주련."

"엄마 파스? 파스… 파스!"

딸은 허둥지둥 파스를 찾았지만 어머니는 이번에도 기다려 주지 않았습니다.

"엄마! 안돼, 가지마 엄…마아. 흑흑흑."

죄책감과 그리움이 뒤범벅된 꿈.

꿈결의 그 파스 사건이 명치를 짓눌러 내내 죽을 맛이던 딸은 파스 한 장을 사들고 어머니의 무덤을 찾았습니다.

그리고 잔디 숭숭 난 무덤에 그 파스를 붙여드렸습니다.

어머니와 10만 원

나는 서해의 작고 후미진 섬에서 고등학생이 될 때까지 자랐습니다.

어느날 고깃배와 함께 파도에 떠밀려간 아버지… 아버지를 앗아간 몹쓸 바다를 끝내 떠나지 못하고 김양식장에서 온종일 짠물에 시린 손을 담근 채 살아온 어머니!

"호… 호오 손 시려라……."

어머니는 한 장 두 장 백 장 이백 장 김을 만들어 나와 어린 동생들을 먹이고 입히고 가르치셨습니다.

"어휴… 어쩐다."

중학교를 졸업할 무렵 집안 형편은 기울대로 기울었고 나는 고등학교 합격통지서를 차마 어머니께 보여드리지 못해 몇날 며칠을 끙끙 앓고만 있었습니다. 고등학교를 가려면 육지로 나가야 하기 때문에 스스로 무리라고 판단해 버린 것입니다.

학교도 못 가고 좁아터진 섬구석에 틀어박혀 젊은날을 보내야 한다고 생각하니 가슴이 답답하고 화가 치밀었지만 어쩔 수 없는 일이었습니다.

그런데 그날 저녁 어두워져서야 집으로 돌아온 나는 뜻밖의 장면에 깜짝 놀

랐습니다.

어머니가 명절이나 돼야 한번 차릴까말까한 진수성찬을 차리고 있는 것이었습니다.

"어이구 내 아들, 잘혔나… 잘혔어."

"예? 뭘 잘해요?"

"형… 축하해!"

"넌 또 뭘 축하해?"

"야야, 아까 선상님이 댕겨 가셨다. 가만 있어봐라."

그랬구나! 그랬어… 내가 겨우 사태를 파악하고 표정을 수습하는 사이, 어머니는 부엌구석에 쌓아둔 장작더미에 손을 넣고 한참을 휘저으시더니 비닐에 꽁꽁 싸인 것을 꺼내셨습니다.

"사내 자슥은 배워야지. 아무 걱정 말고 핵교 가거라."

비닐봉지 속엔 어머니가 일년내 김을 팔아 모은 돈 10만 원이 들어 있었습니다.

부자의 억만금보다 크고 귀한 돈…….

"니 등록금 할라고 모은겨."

"엄마……."

세월이 흘러 대학에서 아이들을 가르치고 있는 나는 지금도 장작더미 속에서 꺼낸 어머니의 그 짠내 나는 돈을 잊을 수가 없습니다.

공부방이 생기던 날

아버지의 회사가 부도로 문을 닫게 되었습니다.

우리 가족은 하늘이 머리에 닿을 듯한 가파른 달동네 집에서 살게 됐습니다.

사업실패의 충격으로 쓰러진 아버지가 누워 계시고 어머니와 우리 두 형제까지 복작대는 단칸방. 그야말로 숨이 막힐 지경이었지만 서로의 체온과 이불 두 채로 겨울은 그럭저럭 날만 했습니다.

하지만 봄이 되어 날이 풀리자 거동을 못하는 아버지의 몸에서 나는 냄새 때문에 하루하루를 견디기가 고역이었습니다.

"으… 냄새."

사춘기였던 나는 조금씩 비뚤어져 갔습니다.

"에휴. 원 녀석하고는……."

반에서 1, 2등을 다투던 성적 또한 점점 바닥으로 추락해 갔습니다. 자꾸만 어긋나는 아들을 보다못한 어머니는 난생 처음으로 내 종아리를 때리고는 서럽게 우셨습니다

"왜. 왜 정신을 못 차려, 왜. 날보고 어떻게 하라고… 흑흑."

나는 그런 어머니를 위로하기는커녕 철

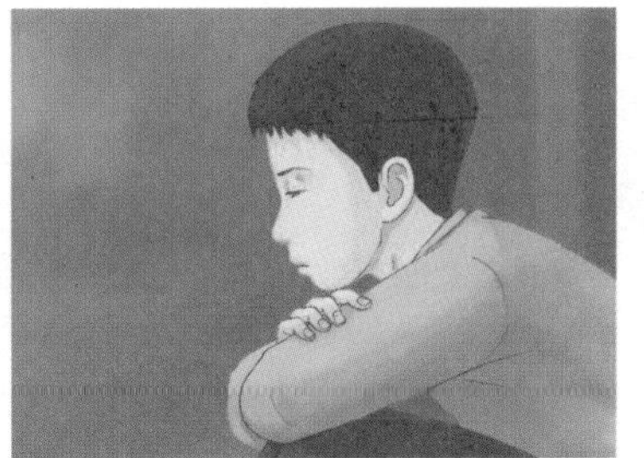
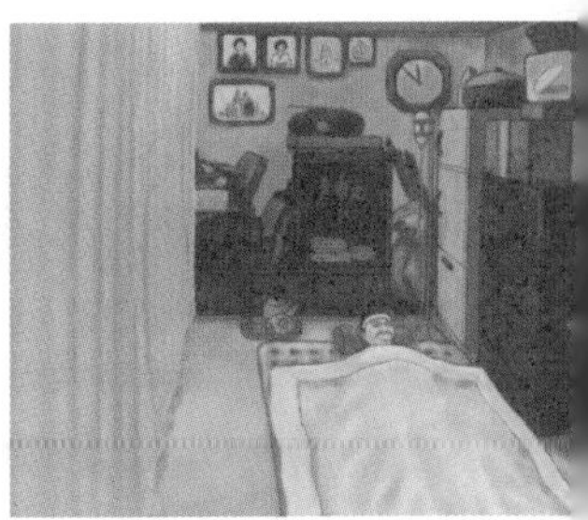

없는 말로 가슴에 대못을 박고 말았습니다

"나도 내 방을 갖고 싶단 말이에요. 책상도 없이 냄새나는 방에서 공부를 어떻게 하냐구요."

그렇게 집을 뛰쳐나오긴 했지만 갈 곳도 없을 뿐더러 어머니의 슬픈 얼굴이 자꾸만 떠올라 마음이 아리던 나는 결국 집으로 발길을 돌렸습니다.

그런데 방문을 열자 좁은 방의 삼분의 일을 가리고 있는 낯선 황토색 커튼이 눈에 들어왔습니다.

"어, 어어?"

그 커튼을 젖힌 순간 나는 심장이 멎는 줄 알았습니다.

커튼으로 가린 작은 공간에는 푹신한 방석과 함께 책상 대신 앉은뱅이 밥상이 놓여 있고 그 위에 책들이 가지런히 정리돼 있었던 것입니다.

밥상 위엔, 아니 책상 위엔 편지 한 장이 놓여 있었습니다.

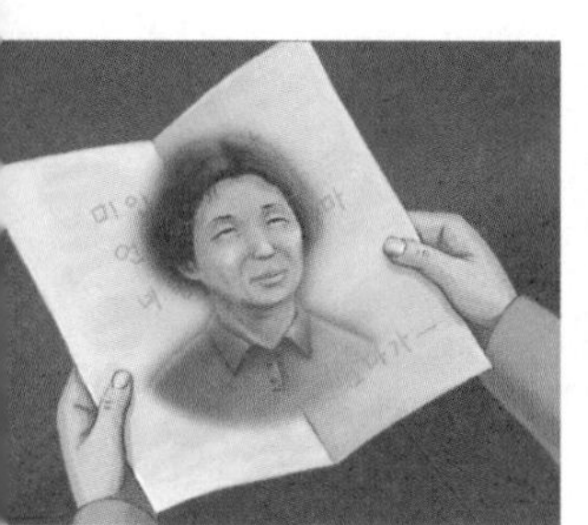

'미안하구나. 언젠간 꼭 네 방을 만들어 주마.'

집안 형편을 빤히 알면서도 공부방을 만들어내라는 막내의 투정이 얼마나 가슴 아팠을까?

나는 그 편지를 지금도 내 수첩 속에 고이 간직하고 있습니다. 어머니의 사랑을 잊지 않으려고 말입니다.

3

눈꺼풀로 쓴 글

만 원의 힘

한 달을 계속해 온 콘서트가 막바지로 치닫던 날의 일입니다.

나는 탈진상태에서 영양제를 맞아가며 하루하루를 버텨내고 있었습니다.

매니저는 장기공연인 것을 생각해서 에너지를 아껴가며 노래하지 않은 탓이라고 속상해 했지만 무대에만 올라가면 심장이 뜨거워지는 건 어쩔 수 없는 일이었습니다.

그날도 어김없이 공연시간이 다가왔습니다.

"정말 괜찮겠어요?"

매니저는 걱정스런 눈으로 나를 쳐다보았습니다.

숨이 헉헉 차고 머리가 빙빙 돌고 급기야 목소리마저 잠겨서, 이러다 무대에서 입 한번 벙긋하지 못한 채 쓰러지는 건 아닐까 두렵기까지 했습니다.

공연을 강행하느냐 마느냐를 놓고 조바심을 내고 있을 때 대기실 문이 열리고 일흔, 아니 여든은 족히 돼 보이는 할머니 한 분이 빼꼼히 얼굴을 들이밀었습니다.

"저… 나 이선희씨를 좀 보고 싶은데……."

"할머니, 여긴 들어오시면 안 돼요, 나

가 주세요."

그러나 할머니는 그 제지선을 뚫고 들어와 꼬깃꼬깃 접힌 봉투 하나를 내밀었습니다.

"지… 내 이선희씨 노래를 예순 살에 처음 들었다우. 힘들고 적적할 때 참 큰 힘이 돼줬어요. 죽기 전에 꼭 한번 가까이서 노래 부르는 것을 보고 싶어 왔는데… 이걸로 맛있는 거 사먹고 힘내요."

할머니가 당신도 뭔가 힘이 돼주고 싶다며 손에 꼭 쥐어주고 간 봉투 속엔 만 원짜리 한 장이 들어 있었습니다.

무대에 올라갔을 때, 나는 굳이 그 할머니를 찾을 필요가 없었습니다.

객석 한가운데서 할머니의 은빛머리가 금방 눈에 띄었기 때문입니다.

'이 노랠 듣거든 언젠가 듣거든 널 사랑했었던 내 맘을 알아줘…….'

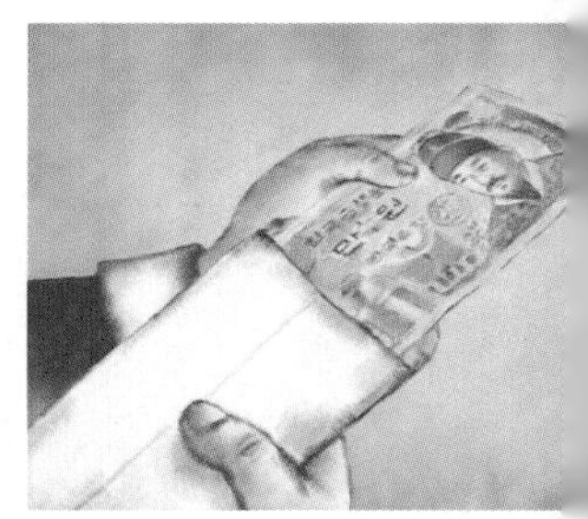

목소리란 녀석은 그렇게 애를 태우더니 언제 그랬냐는 듯 되살아났고 나는 그 어느 때보다도 더 큰 에너지로 공연을 마칠 수 있었습니다.

너무 꼭 쥐고 있어 땀에 절은 만 원짜리 한 장, 거기서 나온 힘이었습니다.

진정한 가르침

빈민의 성녀 마더 데레사가 호주를 방문했을 때의 일입니다.

프란시스코 수도회의 한 젊은 수사가 마더 데레사에게 그녀의 수행원이 되겠노라고 요청했습니다.

"가까이에서 가르침을 얻고 싶습니다."

수사는 평소 존경하던 마더 데레사의 일거수일투족을 가까이 보고 들으며 많은 것을 배우고 싶어했습니다.

그러나 그에겐 말 한마디 건넬 기회도 오지 않았습니다. 마더 데레사는 늘 다른 사람들에 둘러싸여 있었던 것입니다.

'어쩌지… 이제 떠나셔야 하는데. 어쩌지… 휴우.'

예정된 시간이 그렇게 가 버리고 마더 데레사가 뉴기니로 돌아가게 되자 몹시 실망한 수사가 마침내 용기를 내 청했습니다.

"저… 뉴기니로 가는 여비를 제가 부담한다면, 옆자리에 앉아 말씀을 나누며 배울 수 있을런지요?"

마더 데레사가 그의 간절한 눈을 바라보며 물었습니다.

"뉴기니로 갈 항공료를 낼만한 돈을 가졌나요?"

"아, 네… 물론입니다."

수사가 희망에 차 대답했습니다.

그러자 마더 데레사가 말했습니다.

"그렇다면 그 돈을 가난한 이들에게 주세요. 내가 말해 줄 수 있는 것보다 더 많은 것을 그들로부터 배우게 될 겁니다."

마더 데레사는 그렇게 떠났고 수사는 더 이상 아무 말도 할 수 없었습니다.

담요 두 장

남도의 작은 섬 소록도에 한 노인이 있었습니다.

세상의 곱지 않은 시선에 떠밀린 한센병 환자들이 마지막으로 자리내린 소록도는 섬 전체가 하나의 거대한 병원이요, 800명 남짓한 주민 모두가 닮은 아픔을 가진 곳이었습니다.

6.25 전쟁통에 남으로 남으로 줄지은 피난민 물결에 묻어 내려온 후 아내도 자식도 없이 홀로 살아온 남자. 그가 한센병에 걸려 섬에 격리된 것은 20년 전이었습니다.

혼자 눈뜨고 혼자 일어나 뭉툭하게 굳어버린 손으로 혼자서 밥을 끓여먹는 서글픈 나날…….

"할아버지, 아침 드시네요? 설거지는 제가 해드릴게요."

하루 한번씩 섬복판의 큰 병원에서 오는 자원봉사자가 초라한 집의 유일한 마실꾼이었습니다.

"할아버지, 방바닥이 이렇게 찬데 이불이라도 두껍게 덮지 그러세요."

"아, 이불이 있어야 더 덮지."

"저건 이불 아니고 뭐예요?"

"저거는 안 돼."

할아버지의 오두막 선반 위엔 벌써 10

년째 꽁꽁 여민 이불보따리가 얹혀 있었지만 할아버지는 아무리 추워도 그걸 풀려고조차 하지 않았습니다.

"아, 이불은 덮으라고 있는 거지. 신주단지처럼 모셔두면 뭐해요?"

속 모르는 자원봉사자가 성화를 대자 할아버지는 하는 수 없이 이불보따리가 신주단지가 된 사연을 털어놓았습니다.

보따리 속에 든 것은 10년 전에 병원에서 배급받은 담요 두 장이라고 했습니다.

"아무 때고 통일이 돼서 북한에 가게 되면 동생들 줄라고 아끼는 겨. 내가 그날 못보고 죽으면 누구한테 부탁이라도 해서 갖다 줘야지."

해마다 장마철에 습기라도 차면 볕에 말려 소독까지 해가면서 10년을 간수해왔다는 담요 두 장.

그것은 할아버지를 살아 있게 하는 약이며 할아버지가 세상에 남길 수 있는 유일한 유산이었습니다.

눈꺼풀로 쓴 글

1995년, 세계적인 패션잡지의 편집장이 뇌졸중으로 쓰러졌습니다.

그의 이름을 장 도미니크 보비. 병마는 그가 이룬 모든 것을 송두리째 앗아갔습니다. 뇌와 신경체를 잇는 신경망이 끊어져 말할 수도, 먹을 수도, 혼자 힘으로는 숨을 쉴 수 조차 없게 된 것입니다. 움직일 수 있는 거라곤 오직 왼쪽 눈꺼풀이 전부였습니다.

그렇게 하루가 가고 한 달이 가고, 봄에서 여름으로 계절이 바뀌었지만 증세는 조금도 나아지지 않았습니다. 세상에서 가장 힘겨운 싸움이 계속됐습니다.

그러던 어느 날 병문안을 온 친구들이 소설 몽테크리스토 백작에서처럼 눈을 깜박여서 의사를 소통하고 책도 써보는 게 어떻냐고 제안했습니다.

"쉬워, 쉽다니까… 자넨 눈만 깜박이면 된다구!"

안 그래도 자신의 슬픔과 가족들에 대한 깊은 사랑을 어떻게든 표현하고 싶었던 그는 서슴없이 그 제안을 받아들였습니다.

며칠 뒤, 그와 눈꺼풀 대화를 나눌 대필자가 정해지고, 얼마나 걸릴지 가늠은 한건지 아무도 알 수 없는 일이 시작됐습니다.

"문장을 마칠 때는 눈을 아예 감는

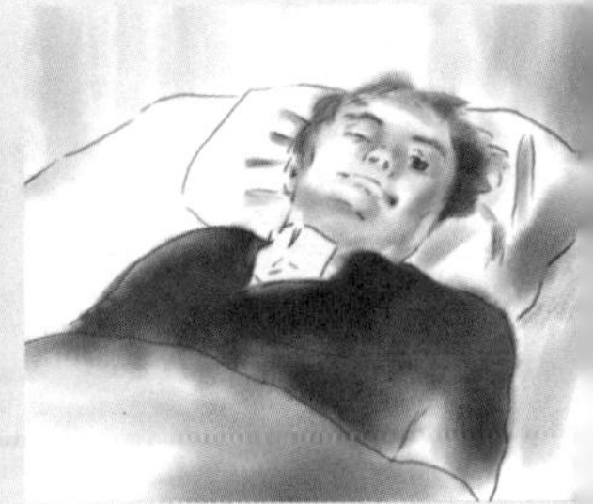

걸로 하죠."

두 사람의 합의에 따라 알파벳과 단어, 문장들을 자주 사용하는 순서대로 재배열한 뒤 눈 깜박이는 횟수를 정했습니다.

문장 하나를 만드는 데 하룻밤을 꼬박 새기 일쑤인 고난의 작업.

"맞죠? 벌써 한 줄이나 썼네."

눈이 충혈되다 못해 경련이 일 지경이었지만 그는 힘든 줄을 몰랐습니다.

"여보, 오늘은 그만해요. 시간은 많잖아."

충혈된 눈에 약까지 넣어가며 눈꺼풀을 깜박거리는 사이 요령이 생기고 속도가 붙었습니다.

"좋아요, 제목은 뭘로 하죠?"

마치 퍼즐이라도 풀듯 그가 단어의 첫글자만 깜박여도 나머지를 척척 맞출 정도였습니다.

“잠수복과 나비? 멋지다! 우리가 드디어 해냈어요!”

〈잠수복과 나비〉라는 제목의 책이 완성된 것은 1년 하고도 3개월 만의 일이었습니다.

사랑하는 가족과 직장생활에 관한 진솔한 마음이 담긴 그 특별한 책은 단 열흘만에 17만 부나 팔리는 베스트셀러가 되었습니다.

장 도미니크 보비. 혼자서는 흐르는 눈물조차 닦을 수 없던 남자는 1997년 3월 마침내 그를 가두고 있던 잠수복을 벗어던지고 한 마리 나비가 되어 하늘나라로 날아갔습니다.

바로 지금 하세요

미국 유학 시절의 일입니다.

교양 과목중 하나인 심리학을 들을 때였습니다. 영어에 익숙하지 않은 탓에 전공 과목을 듣기만도 벅찼지만, 금발의 아름다운 여교수 제니 선생님에게 반했던 나는 머리를 쥐어짜가며 공부했습니다.

여름 방학을 앞둔 화창한 여름날, 제니 선생님이 칠판에 강의 내용을 적었습니다.

'만일 3일 후에 죽는다면'

우리가 만일 사흘 후에 죽게 된다면 당장 하고 싶은 일이 뭔지 생각해 보자는 것이었습니다.

"세 가지만 순서대로 대보세요. 자! 누가 먼저?"

질문이 끝나기가 무섭게 평소 말많은 친구 마이크가 입을 열었습니다.

"에, 일단 부모님께 전화하고, 애인이랑 여행 가고… 아, 작년에 싸워서 연락이 끊어진 친구한테 편지 쓰고. 그럼 사흘이 다 가겠죠?"

학생들도 저마다 웅성웅성 주절주절 하고 싶은 일을 떠들어댔고 나도 고민을 시작했습니다.

'글쎄, 나라면 음… 우선 부모님과 마지막여행을 간다. 그 다음엔… 그 다음엔… 꼭 한

번 들어가 보고 싶었던 고급 식당에서 비싼 음식을 먹는다. 그리고는…
그동안의 삶을 정리하는 마지막 일기를 쓴다.'

20분쯤 지난 뒤 교수님이 몇몇 학생들의 대답을 듣기 시작했습니다.

그런데 죽음을 맞이한 사람의 세 가지 소망은 뜻밖에도 다들 평범했습니다. 여행을 하겠다, 기막히게 맛있는 걸 먹겠다, 싸우고 토라진 친구와 화해하겠다, 고향에 계신 부모님께 전화하겠다…….

바로 그때 제니 교수님이 칠판으로 다가가 단 한 마디를 썼습니다.

'DO IT NOW!'

들뜨고 어수선했던 강의실은 찬물을 끼얹은 듯 조용해졌습니다.

"바로 지금 하세요!"

DO IT NOW! 죽음이 눈 앞에 닥칠 때까지 미루지 말고 지금 당장 그 모든 일을 실천하며 살라!

그 한 마디야말로 내가 유학중에 배우고 익힌 그 어떤 학문이나 지식보다도 값진 가르침이었습니다.

이모부와 거위

어렸을 때 우리 가족은 아버지의 사업실패로 뿔뿔이 흩어졌습니다.

화병으로 아버지가 돌아가신 뒤 어머니마저 소식이 끊기자 나는 곧 이모부의 손에 이끌려갔습니다.

이모부는 도봉산 기슭에서 거위를 치면서 혼자 살았습니다.

한때는 상류사회 엘리트였던 이모부 역시 사업에 실패해 가산을 탕진한 후 이혼하고 술로 세월을 보내는 불행한 사람이었습니다.

"에이! 살아서 뭐 하노!"

이모부는 술만 마시면 같은 말을 되풀이했고 해만 지면 밤늦게까지 술을 마셨습니다. 그날도 몹시 취한 이모부가 곤히 자는 나를 흔들어 깨웠습니다.

"일나 봐라, 내캉 할 일이 있다."

그 길로 이모부는 거위들을 데리고 아래 마을에 내려가 집집마다 몇 마리씩 팔았습니다.

모조리 팔고 얻은 한 뭉치의 돈을 내게 꼭 쥐어주던 이모부의 눈엔 절망이 가득했고 어딘지 섬뜩한 결심을 한 듯 보였습니다.

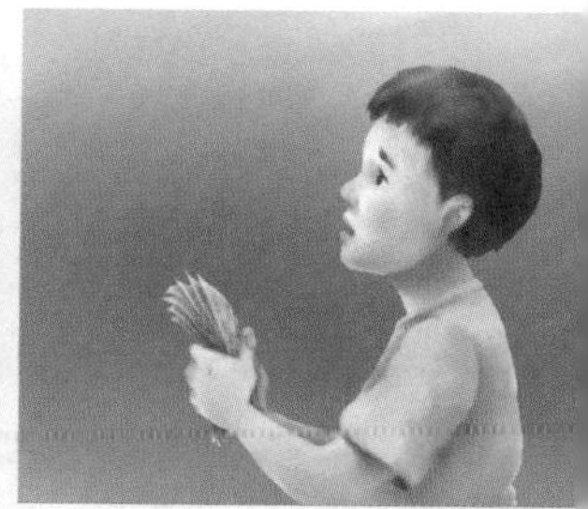

그리고 산 위의 움막으로 돌아와서는 남은 술잔을 다 비운 뒤 잠이 들었습니다.

그런데 다음날 새벽이었습니다.

뭔가 아주 소란한 소리에 잠에서 깬 나는 열린 문틈으로 엉거주춤 서서 어쩔 줄 모르는 이모부를 보았습니다. 이모부는 믿을 수 없다는 듯 혼자 말을 하고 있었습니다.

"쟈들이 미쳤나… 참말로."

온산이 떠나가도록 꽥꽥 소리를 지르면서 거위들이 되돌아오고 있었습니다.

한 마리도 빠짐없이 말입니다.

어느새 거위 틈에 둘러싸인 이모부는 주저앉아 오래오래 흐느껴 울었습니다.

"그래 그래, 흑흑."

그날 이후로 나는 이모부의 눈물을 단 한번도 본 적이 없습니다.

돌아온 거위들이 이모부에게 살아가야 할 이유와 희망을 되찾아 준 것입니다.

사랑의 가위

아내에게 늘 똑같은 물건만 선물하는 남자가 있었습니다.

평생을 다정히 해로해 온 아내는 남편이 외국 여행을 다녀올 때마다 한결같이 마중 나가 기다렸습니다.

"왜 나와 있어, 언제올 줄 알고."

"고생하셨죠?"

"뭘… 집엔 별일 없구?"

어지간히 무뚝뚝한 남편……. 그래도 선물을 잊는 법은 없었습니다.

이번에도 그는 가방에서 작은 상자 하나를 꺼내 아내에게 건넸습니다.

"자, 당신 선물."

"또 이거죠… 이거?"

아내는 검지와 중지로 시늉을 해 보였습니다.

"응… 그래."

화장품도 귀금속도 아닌 가위. 이 나라 저 나라에서 사들인 가위가 벌써 2백 개가 넘었지만, 아내는 가위 선물을 마다하지 않았습니다.

그녀의 이름은 이태영. 우리 나라 최초의 여성변호사였던 그녀에게 가위는 보통

물건이 아니었습니다.

항일운동을 하던 남편의 옥바라지를 하느라 섬섬옥수 여린 손으로 누비 이불을 만들어 팔아야 했던 아내. 쇠붙이란 쇠붙이는 무기 만든다고 다 걷어가고 이불보 자를 가위 하나 변변히 없던 시절, 그녀는 날 무딘 가위와 씨름하며 밤새 이불을 만들었습니다. 그리고 낮이면 그 이불보따리를 이고 집집마다 다니며 팔았습니다.

아무것도 모르던 남편이 출옥하던 날, 그는 아내의 손을 보고는 왈칵 눈물을 쏟고 말았습니다. 오른쪽 엄지가 90도로 꺾이고 중지와 검지도 휘어져 기형이 돼 있었습니다.

잘 드는 가위 하나 가져보는 게 소원이었다는 아내.

아내의 그 고생을 짐작하고도 남았던 남편은 그때의 미안함과 고마움을 잊지 못해 온세상 좋은 가위란 가위를 죄 모아다 아내에게 바치고 싶었던 것입니다.

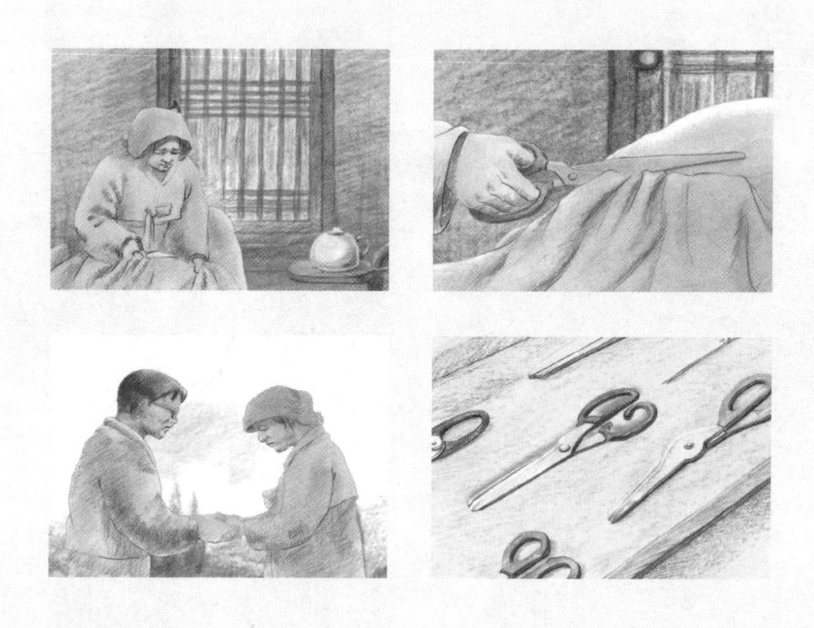

아들의 선물

요하네스 브람스의 아버지는 더블베이스를 연주하는 떠돌이 악사였습니다.

아들 브람스가 작곡가 겸 피아니스트로 성공한 후에도 아들의 도움을 바라지 않고 악단에서 번 돈으로 생활했습니다.

"아버지……."

"어서 오너라."

소박하다못해 궁핍한 살림, 안타까운 브람스가 몇 번이나 생활비를 보태려고 했지만 자존심이 강한 아버지는 아들의 돈을 결코 받지 않았습니다.

"그냥 넣어 둬라. 내 일은 나한테 맡겨."

"휴우… 어쩐다."

어떻게든 아버지를 돕고 싶은 브람스는 한 가지 꾀를 냈습니다.

"아하! 바로 그거다."

아버지의 자존심을 지켜드리면서도 아들의 도리를 다할 수 있는 아이디어를 생각해낸 것입니다

"그래 다음 연주회는… 아니 무슨 일이냐?"

"아. 예, 그게… 아닙니다 아버지."

뭔가 이상하다는 듯 아들의 표정을 살피는 아버지에게 브람스는 조심스

럽게 말했습니다.

"아버지, 혹시 무슨 일이 있어서 힘들거나 기운이 없을 때는 책장에서 저기… 헨델의 〈사울〉이라는 책을 한번 펼쳐 보세요. 아버지가 필요로 하는 걸 꼭 찾을 수 있을 겁니다."

그로부터 몇 달 후 브람스의 아버지에게 여러 가지 어려움이 닥쳤습니다. 이러지도 저러지도 못하고 끙끙 앓던 아버지는 언젠가 아들이 했던 말을 기억해 냈습니다.

'아버지, 어려움이 닥치면 헨델의 〈사울〉을.'

아버지는 아들이 일러준대로 책장에서 헨델의 낡은 악보집을 꺼내 펼쳐 보았습니다.

"이런, 세상에……."

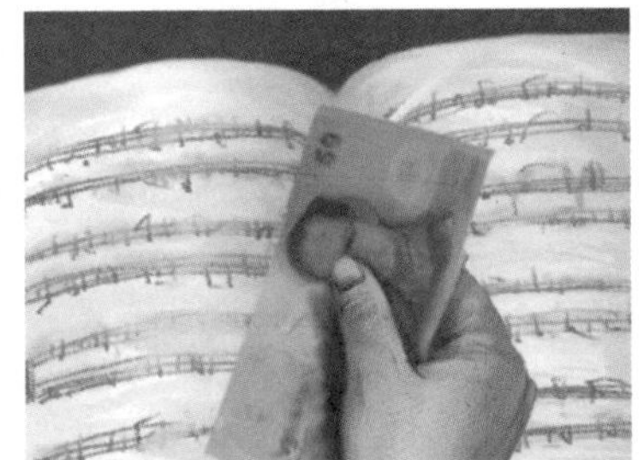

과연 그 악보 속에는 아들이 말한 대로 그가 필요로 하는 것들이 가득 들어 있었습니다.

"녀석……."

브람스는 자존심 강한 아버지를 위해 책갈피 갈피마다 지폐를 끼워 두었던 것입니다.

못생긴 도장

나에게는 세상 그 무엇과도 바꿀 수 없는 소중한 도장이 있습니다.

"어머, 또 그 도장이에요?"

"도장 하나 새로 파시라니까요. 체면이 있지."

"어, 허허허."

진단서나 각종 서류에 도장을 찍을 때마다 의사 체면이 말이 아니라고 다들 성화를 댈 만큼 초라한 목도장. 하지만 나는 20년 손때 묻은 도장을 버릴 수가 없습니다.

초등학교 6학년 때 일입니다. 선생님이 중학교에 들어가려면 입학원서를 써야 한다며 도장을 가져오라고 하셨습니다.

가난한 교육자 가정에서 7남매를 모두 대학까지 보내느라 도장 하나 새겨 주기도 힘들만큼 어려운 형편이었던 그 때 아버지는 궁여지책으로 당신의 헌 도장을 꺼내 깎아 버리고는 조각칼로 내 이름을 새겨 넣었습니다.

"에이. 몰라……."

다음 날 아침 눈을 떴을 때 머리맡엔 아버지가 밤새 깎은 도장이 놓여 있었습니다. 손때 묻어 거무튀튀한 막도장. 삐뚤빼뚤 서툰 글씨.

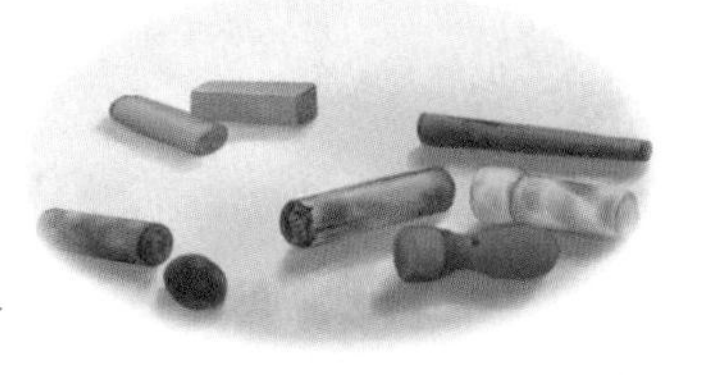

친구들은 모두 잘생긴 새 도장으로 입학원서에 도장을 찍는데 왜 나만 항상

남보다 못한 걸 쓰는지… 그 보잘것없는 도장을 꺼내 누가 볼 새라 살짝 찍으면서 또 얼마나 서럽고 부끄러웠는지.

내가 그 못생긴 도장에서 아버지의 따뜻한 체온을 느끼게 된 건 의대를 졸업한 뒤였습니다.

진단서에 찍을 도장을 찾다가 서랍에서 발견한 아버지의 목도장. 그 우연한 기회에 내 눈에 들어온 건 어릴 때 보았던 보잘것없는 도장이 아니었습니다.

"어이쿠. 아야… 아야."

아버지가 조각칼에 벤 손가락을 움켜쥐고 있는 동안 그때 그 방안에서 내가 미처 보지 못했던 아버지의 마음을 20년이 지나서야 깨닫게 된 것입니다.

고급 도장도 있지만 그날 이후 나는 도장을 쓸 일이 있으면 오로지 그 못생긴 도장만을 써 왔습니다.

아버지의 숨결, 아버지의 체온으로 쓰면 쓸수록 도장이 따뜻해지기 때문입니다.

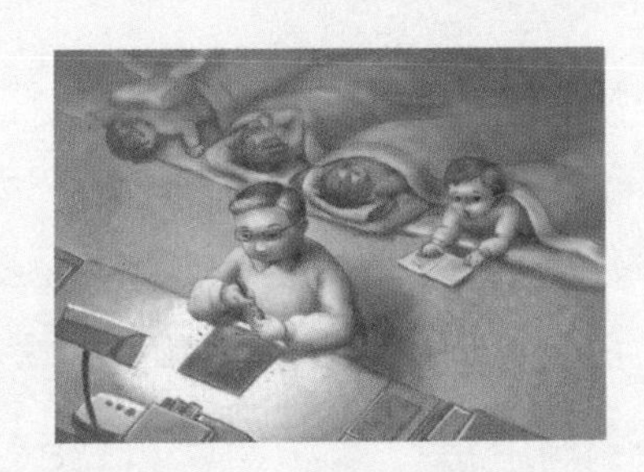

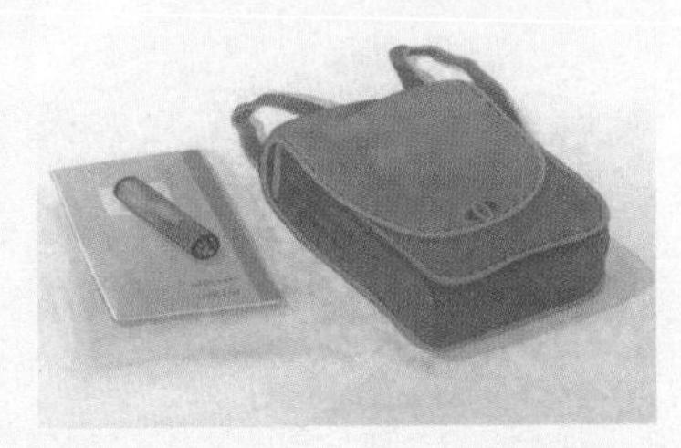

사랑의 퍼즐

한국은행 대구경북본부에서 있었던 일입니다.

남루한 차림의 60대 노부부가 쭈뼛대며 창구로 들어섰습니다.

부부가 창구직원에게 내민 것은 통장도, 도장도 아닌 검은 비닐봉지였습니다.

남편은 비닐봉지를 내보이며 말했습니다.

"저… 이기 좀 바꽈 주이소."

"이게 뭔데요?"

"그…게……."

할아버지는 머뭇거렸습니다.

봉지 안에는 갈기갈기 찢어진 지폐조각이 가득 들어 있었습니다.

"어머, 돈을 어쩌다 이랬지?"

돈을 손에 쥐고 있던 여자직원이 깜짝 놀라며 남자직원에게 물었습니다.

"뭐야. 돈 아냐?"

사연인즉, 정신지체장애인인 부인이 만 원권 지폐를 돈인줄 모르고 갈갈이 찢었다는 것입니다.

"아니? 와이라노? 에휴……."

공공근로사업을 나가 근근히 벌어 모았

다는 돈. 부부는 그것이 전재산이나 마찬가지라며 교환해줄 것을 간곡히 당부했습니다.

"어떡하지?"

"글쎄… 나 참……."

자칫 화폐훼손죄로 처벌을 받게 될 수도 있는 일이었습니다.

직원들은 누가 먼저랄 것도 없이 달려들어 그 지폐 조각을 펼쳐 놓고 퍼즐 맞추기에 들어갔습니다.

"이거다 이거, 딱 들어맞네."

"자, 만 원짜리 완성이요!"

규정상 휴지나 다름없는 조각들 그대로를 돈으로 교환해줄 수는 없었습니다. 돌아가며 밤샘까지 하기를 사흘.

전직원이 나서다시피한 사랑의 퍼즐맞추기 결과, 제대로 귀 맞는 만 원짜리가 일흔 석 장 그리고 반 쪽짜리가 한 장이었습니다.

모두 73만 5천원이 가난한 노부부의 손으로 되돌아 갔습니다.

"고맙심더… 고맙심더……."

할아버지는 허리를 굽혀 인사했습니다.

"헤헤… 호호 뭘요."

세상 그 어떤 돈보다 값지고 따뜻한 돈. 은행직원들은 뿌듯한 행복감을 시간외 수당으로 받은 셈입니다.

세상에서 가장 아름다운 편지

10년 전, 작은 시골학교에서 교사로 있을 때였습니다.

토요일 오후, 학교에서 당직 근무 때문에 혼자 교무실에 남아 있던 내게 한 아주머니가 찾아왔습니다.

"선상님 안녕하셔유?"

그리곤 불쑥 편지 한 장을 내밀었습니다.

군부대로 띄우는 편지였습니다.

"그게… 민석이 말이에요. 하사관이 대놓고 미워해서 맘고생이 이만저만 아닐겁니다."

아들과 함께 군대에 간 친구 녀석이 휴가를 마치고 집으로 다녀가는 길에 속없이 흘린 말 한마디 때문에 가슴에 못처럼 박혔다고 어머니는 말씀하셨습니다.

일주일을 괴로워하며 생각하고 또 생각하다가 용기를 내어 아들이 아닌 하사관에게 편지를 쓰기로 했다는 것입니다.

"선상님, 내사 워낙 배운 게 없어서리 반듯하게 고쳐 써서 좀 붙여 주셔유. 부탁 좀 드리겠구만요."

아주머니가 돌아간 후, 나는 편지를

찬찬히 읽어 보았습니다.

삐뚤빼뚤한 글씨 그리고 참 알아보기 어려운 글자였지만 언뜻 보아도 한 자 한 자 힘들여 쓴 흔적이 역력했습니다.

그뷴의 나무토막같이 굳은 손을 잡고 약속을 했건만, 나는 편지의 내용을 단 한 글자도 고쳐 쓸 수 없었습니다.

그렇게 한 달이 지났을까…….

그 아주머니가 다시 찾아왔습니다.

"편지를 월매나 조케 고쳤길래, 암튼 이기 다 선상님 덕분여요. 이건 내가 농사져서 짠겅께 고소할 것이요."

"아 아뇨, 이러시면 안됩니다."

멋지게 고쳐서 보낸 편지 덕분에 아들과 하사관의 사이가 좋아졌다며 기뻐하던 그분은 끝내 참기름 한 병을 내 손에 쥐어주고 날아갈 듯 가벼운 걸음으로 걸어 나가셨습니다.

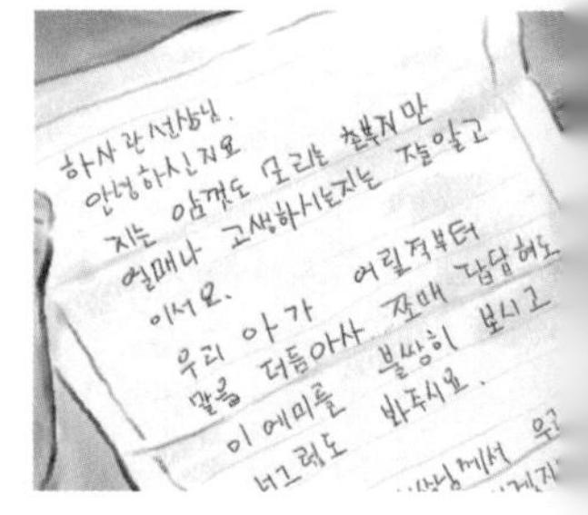

"하사관 선상님, 지는 암껏도 모리는 촌부지만 얼매나 고생하시는지는 잘 알고 있어라. 우리 아가… 말을 더듬어서 쪼매 답답할티지만 이 에미를 봐서……."

그 편지에는 비록 서툴고 맞춤법은 수없이 틀렸어도 어머니의 걱정과 사랑이 고스란히 담겨 있었습니다.

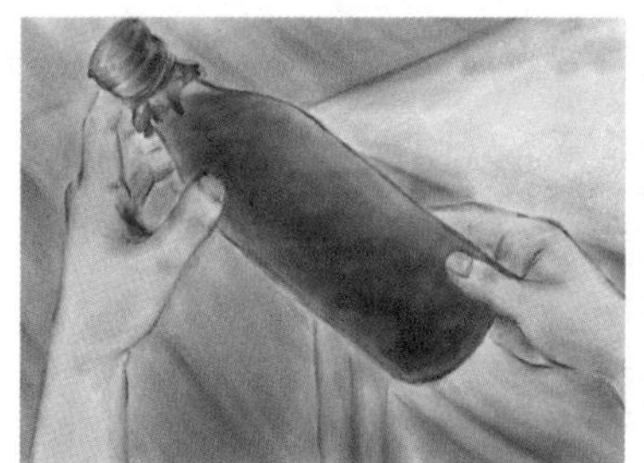

38년 전 약속

미국 덴버시에서 있었던 일입니다.

"선생님. 오늘 멋지십니다."

"어? 어, 자네도 좋아 보이는데."

1962년, 덴버시의 한 고등학교에 조던이라는 역사 선생님이 있었습니다.

학생들에게 인기가 좋은 그는 아이들이 졸업을 하면 더이상 만날 수 없는 게 늘 안타까웠습니다.

그러던 어느 날 그는 학생들과 새천년 첫날에 '덴버시 시립도서관' 앞 계단에서 만나자고 약속했습니다.

"그때쯤이면 나는 아주 볼품없는 늙은이가 돼 있겠지?"

"여전히 멋있을거예요. 선생님."

그는 늙은 은사를 위해 각자 양복 옷깃에 1달러짜리 한 장씩을 꽂고 와서 평생소원인 타히티 여행을 보내달라는 농담도 덧붙였습니다.

2000년 1월 1일 아침, 덴버시 시립도서관 앞으로 백 명이 넘는 말쑥한 정장차림의 신사 숙녀들이 모여들었습니다.

"야, 이게 누구야?"

"누구긴 겁쟁이 빌리지."

"어, 선생님이다. 선생님!"

그들은 모두 이제 백발이 된 은퇴교사 조던과의 약속을 기억하는 제자들이었습니다.

"모두 왔구나. 정말로들 왔어."

멀리 알래스카에서, 로스앤젤레스에서, 뉴욕과 텍사스에서, 아들과 손자까지 데리고 온 이도 있었습니다.

"선생님 이거 보이시죠? 1달러."

그들은 또 그 옛날, 선생님의 농담을 잊지 않고 옷깃에 1달러짜리 지폐를 꽂고 있었습니다.

"하하! 1달러… 그랬지 타이티."

그렇게 분위기가 무르익을 무렵, 한 낯선 남자가 다가와 그에게 꽃다발을 건넸습니다.

"자네는 누구더라."

"제 아내가 선생님의 제자였습니다. 암으로 고생하다가 2년 전에 세상을 떠났는데……."

남자는 38년 전 선생님과의 약속을 꼭 지켜달라는 아내의 마지막 당부를 잊지 않고 찾아온 것이었습니다.

은사는 제자들의 손을 일일이 잡으며 감사의 인사를 했습니다.

"작은 약속이었는데 모두들 잊지 않고 지켜 줘서 정말 고맙네."

그는 교단에서 보낸 한평생이 헛되지 않았음을 확인하고 제자들이 모아 준 1달러짜리 지폐를 타히티 여행 대신 영세민무료급식단체에 기부했습니다.

4

눈물의 결혼반지

잊을 수 없는 플래카드

첫 아이가 막 돌을 지날 무렵의 일입니다.

만년직업군인인 나는 군대 훈련장에서 다리를 크게 다쳐 수술을 해야 했습니다.

다행히 수술경과는 좋고 회복도 빨랐지만 아내에겐 남편의 사고 소식이 청천벽력이었던 모양입니다.

"여보. 어떻게 된거야…?"

"호들갑떨 거 없어… 다 나아가니까. 으차. 우리 아들 왔어?"

아이를 들쳐 업고 달려온 아내는 연신 눈물만 훔치다가 아무 일 없을 거라는 말에 병실을 나섰습니다.

한참 뒤 지금쯤은 갔겠지 하고 창 밖을 내다보았더니, 아내가 병실 모퉁이에 서서 혹시라도 한 번 더 볼 수 있을까 고개를 늘여빼고 서 있었습니다.

"아니 저사람이……!"

남편을 차디찬 병실에 두고 돌아가려니 차마 발길이 떨어지질 않았던 것입니다.

며칠 뒤 퇴원을 하는 날이었습니다.

나는 덥수룩한 수염을 깎고 목발을 짚은 채 아내가 나와 있기로 한 버스터미널로 나갔습니다.

그런데 아무리 둘러봐도 아내가 보이질 않았습니다.

"이상하다. 늦을 사람이 아닌데……!"

잘못봤나 싶어서 터미널을 한 바퀴 다시 도는데 대합실 한귀퉁이에서 낯익은 모습이 눈에 띄었습니다.

터미널 모서리 기둥에 기댄 채 졸고 있는 모자. 아내와 돌배기 아들이었습니다.

늦지 않으려고 새벽차를 타고 와 기다리다 깜빡 잠이 들었나 봅니다.

그런데 졸고 있는 아들의 고사리 손에 뭔가가 들려 있었습니다.

'정광식 우리 아빠 파이팅!'

시골집 벽에 붙어 있던 철 지난 달력을 오려 만든 환영 플래카드였습니다.

순간 눈물이 왈칵 쏟아졌습니다.

나는 목발을 던지고 다가가 졸던 아내가 놀라 깰만큼 와락 두 사람을 끌어안았습니다.

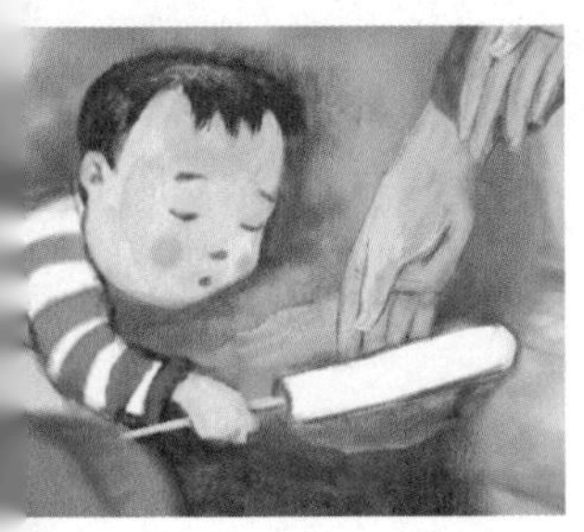

할머니의 자장가

어린 시절, 나는 할머니 품에서 자랐습니다.

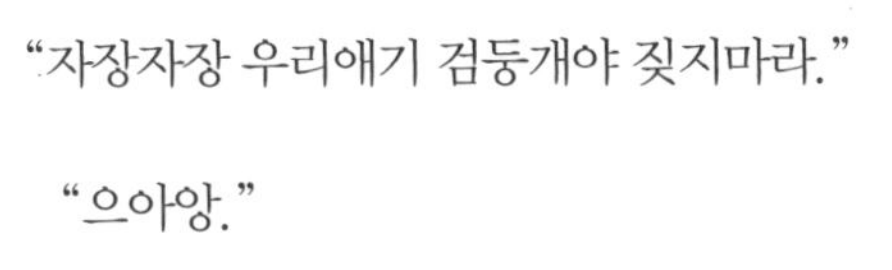

"자장자장 우리애기 검둥개야 짖지마라."

"으아앙."

잠투정이 너무 심해 어르고 달래고 밤새 자장가를 부르느라 힘겨워하시던 할머니. 어느결엔가 나는 할머니의 그 음정 박자 서툴고 가사도 날마다 들쭉날쭉한 자장가를 듣지 않고는 잠을 잘 수 없게 되고 말았습니다.

"할머니, 자장가……."

"오냐 그려. 우리애기 얼뚱애기 핼미가면 우얄거나 자장자장 잘도잔다."

내가 조르면 아무리 피곤하셔도, 잠결에라도 할머니는 가만가만 자장가를 불러주셨습니다.

그렇게 세월이 흘러흘러 내가 스무 살이 되던 해, 할머니가 병석에 눕게 되었습니다.

어느 날 학교에서 돌아온 나를 머리맡에 앉혀놓고 할머니는 테이프 하나를 손에 쥐어 주셨습니다.

"이게 뭔데 할머니?"

"으응… 할미 죽거든 틀어 봐라."

"할머니……."

그리고 얼마 뒤 할머니는 다시 돌아오지 않을 먼 길을 떠나셨습니다.

할머니를 보내드리고 온 밤, 나는 잠을 이룰 수가 없었습니다.

"할머니……."

"오냐… 오냐."

엄마고 하늘이며 세상의 전부였던 할머니의 자장가 소리가 못견디게 그리워서였습니다.

이불을 돌돌 말고 뒤척이다가 문득 할머니가 주신 테이프가 생각났습니다.

'할미 죽거든 틀어 봐라.'

할머니의 유품인 테이프를 카세트에 꽂은 나는 흐르는 눈물을 주체할 수 없었습니다.

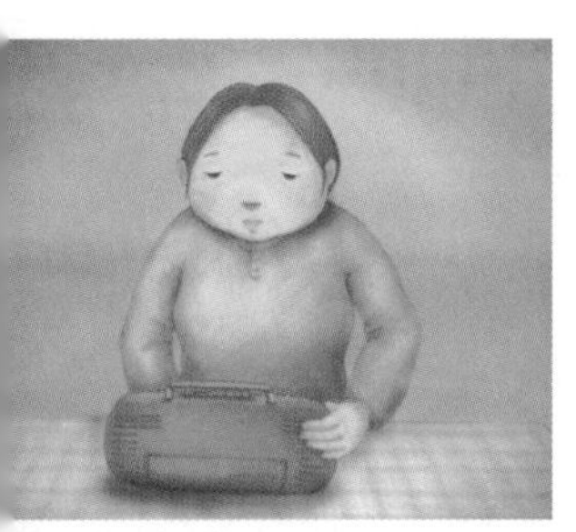

"자장자장 우리손녀 착한손녀 잘도 잔다,

검둥개야 짖지마라 삽살개야 우지마라."

그것은 잠투정하는 손녀를 위해 할머니가 남긴 자장가였습니다. 아니 억

만금보다 귀한 사랑의 유산이었습니다.

듣지 못한 대답

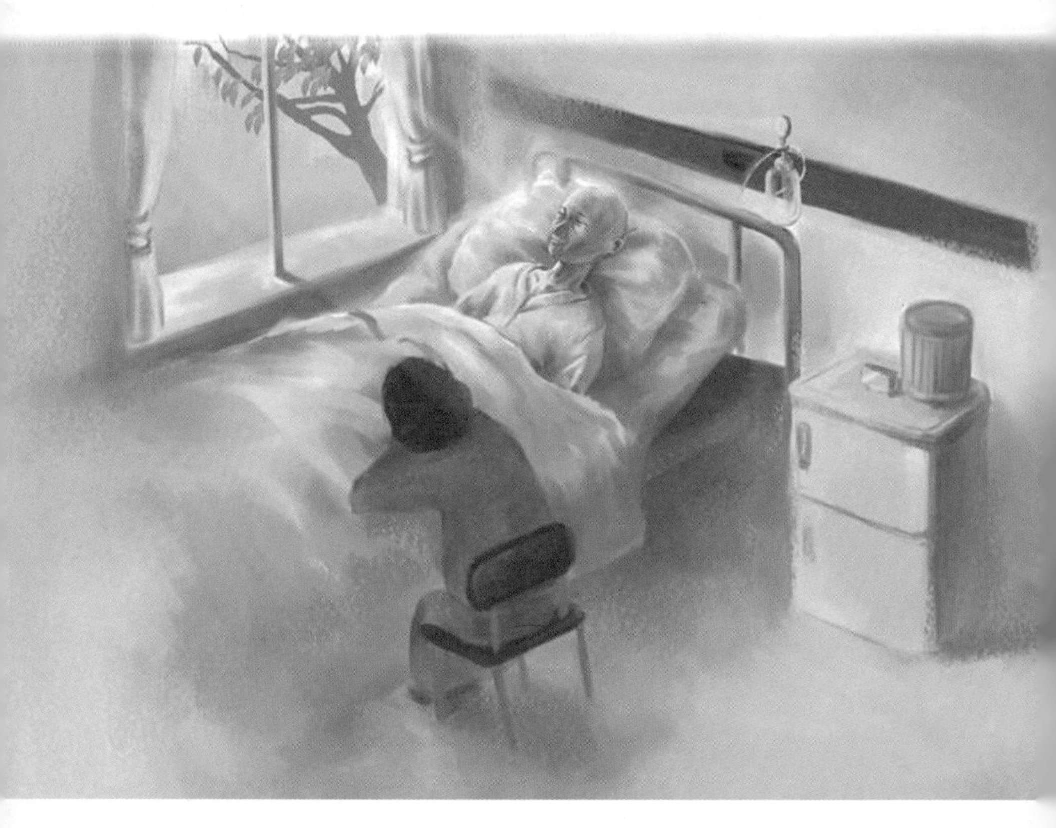

그는 뇌질환으로 수술을 앞두고 있는 중환자였습니다.

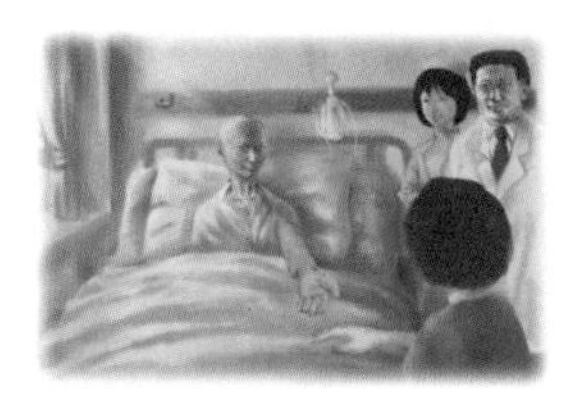

나는 회진할 때마다 그에게 몇 가지 간단한 질문을 던져 그의 기억이 아직 살아 있음을 확인하곤 했습니다.

"자… 다음 질문. 여기 이분이 누구죠?"

이 대목에서 그의 대답은 언제나 한결같았습니다.

"내가 지옥에 가서도 알아볼 유일한 사람이죠. 내 사랑하는 아내."

그 말을 들으면 나는 마음이 턱 놓였고 그의 아내도 여왕처럼 환한 미소를 보이며 행복해 했습니다.

"딩동댕! 하하하 정답입니다. 오늘 컨디션이 아주 좋으시네요."

그렇게 한 달이 가고 두 달이 흘렀습니다.

하지만 그의 병세는 나아지기는커녕 점점 악화되어 갔습니다.

어떤 날은 거의 종일이라고 할 만큼, 긴 잠에 빠져 깨어날 줄을 몰랐고 어떤 날은 숨을 헐떡이며 고통스러워했습니다.

나는 그때마다 환자의 상태를 알아보기 위해 똑같은 질문을 던지곤 했습니다.

"여기… 이분이 누구죠?"

환자는 퀭한 눈을 깜박이며 가쁜 숨소리를

내고 있었습니다.

"내가 지옥에서도 알아볼 유일한 사람……."

그 다정한 한마디를 듣고 싶은 아내의 목 타는 기대에도 불구하고 그는 퀭한 눈을 자꾸만 깜박일 뿐, 끝내 대답을 찾지 못했습니다.

"여보… 여보 여보."

나는 여자의 그 비명 같은 울음소리를 뒤로하고 깊은 죄책감을 안은 채 병실로 나왔습니다.

이럴 줄 알았으면 물어보지 말 걸. 얼마나 후회가 컸던지…….

그날 밤 그는 중환자실로 옮겨졌고 그 뒤 다시는 그 부부를 볼 수 없었습니다.

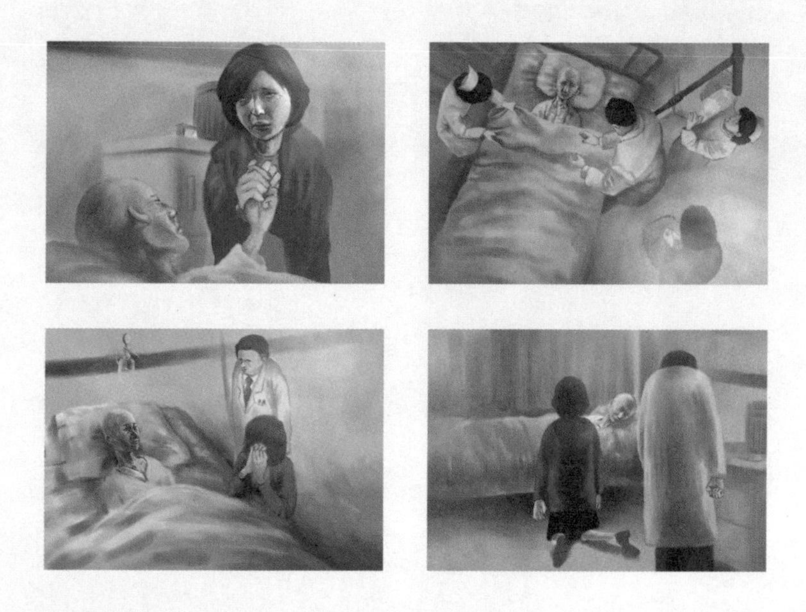

눈물의 결혼반지

나는 아버지가 쉰 되던 해 태어났습니다.

말 그대로 늦둥이인 나를 부모님은 끔찍이도 아끼셨습니다.

"어이구 이놈 커서 장가갈 때까지는 살아야 할 텐데……."

하지만 다 늙어 얻은 아들 업어주랴 안아주랴, 논밭에 엎드려 허리 휘도록 일하랴, 늘 허덕이던 부모님은 내가 고등학교를 졸업하기도 전에 차례로 세상을 뜨셨습니다.

그때부터 늦둥이 뒷바라지는 큰형님 내외의 차지가 돼버렸습니다.

큰형 내외는 시장모퉁이에 있는 손바닥만한 가게에서 야채를 팔고 꽁보리밥과 국수로 끼니를 때우며 나를 대학공부까지 시키셨습니다.

대학을 졸업하고 장교로 입대한 나는 결혼을 약속한 사람과 함께 큰형님 내외를 찾아갔습니다.

"나한테는 부모님 같은 분들이야. 인사 드려."

어렵게 공부를 시켰으니 이제 조카들 등록금쯤은 책임져야 마땅한 동생이 결혼을 하겠다니 실망이 크셨을 테지만, 두 분은 사랑에 눈먼 동생의 앞길을 그저 축하해 주셨습니다.

전방근무중이라 이런저런 준비를 할 새도 없이 맞이한 결혼식날.

큰형님 내외와 전투복을 입은 채 달려온 전우들의 축복 속에 식이 시작되고 굳은 서약의 징표로 반지를 나눠 낀 뒤, 주례사가 이어졌습니다.

"예, 방금 신랑신부가 나눠 낀 사랑의 반지는 어려운 가운데서도 동생을 훌륭하게 키워낸 큰형님 부부의 결혼반지를 녹여서 만든 것입니다."

가난한 시동생을 위해 어버이보다 더 깊은 사랑을 베푼 형과 형수 이야기가 흘러나오는 동안, 결혼식장은 눈물바다가 되고 말았습니다.

그때 나는 눈물을 삼키며 다짐했습니다.

결혼반지를 녹여 다시 굳혀낸 형님과 형수님의 그 뜨거운 사랑을 죽어도 죽어도 잊지 않겠다고 말입니다.

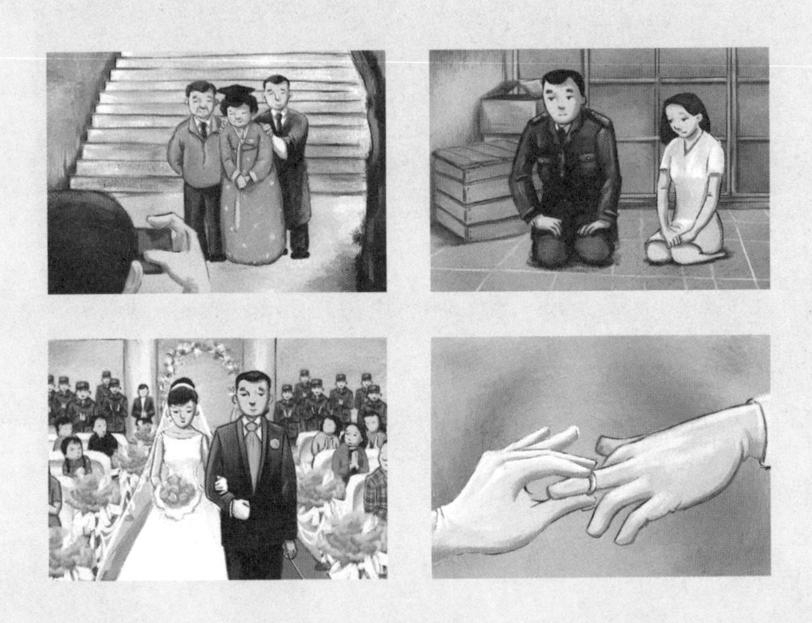

주근깨 여왕

우리집은 다가구 한옥입니다.

안채엔 금실 좋은 노부부, 아랫방엔 정식이네 세 식구, 문간방엔 용진네 네 식구, 그리고 별채에 우리 세 식구, 모두 열두 식구가 한지붕 아래 살고 있습니다.

일요일이면 그야말로 북적북적, 남자들은 약속이라도 한 듯 나와 마당을 서성이고, 아이들은 아이들대로 뒤엉켜 노느라 정신 없고… 온 집안이 잔칫날처럼 분주합니다.

그 북새통에도 큰 다툼이 없는 게 다행이다 싶은데 그날은 용진엄마가 심사를 긁었습니다.

"어머머머 주근깨좀 봐. 자기 그 주근깨 좀 관리해."

안그래도 늘어가는 주근깨 때문에 속이 상해 죽을 맛인데… 나는 화가 났습니다.

"나참, 내 주근깨가 자기한테 밥달래 돈달래?"

화를 참지 못해 한마디 톡 쏘아붙이고는 자리를 피했고 무슨 일인가 싶어 남편이 따라 들어왔습니다. 얼굴의 주근깨가 미운건지 용진엄마가 미운건지, 거울 앞에

서 울그락불그락 화를 삭이지 못하자 남편이 물었습니다.

"와? 또 누가 당신 얼굴 갖고 뭐라카드나?"

"용진엄마가 날더러 주근깨 여왕이랍디다. 아이고, 그래도 얼굴에 찍어 바를 거 하나 살 수가 있나. 원……."

내 속없는 핀잔에 피식 웃던 남편이 거울 속으로 들어와 말했습니다.

"내 눈에 이쁘면 됐다. 용진엄마야 참 이상한 사람이네. 지한테 없으니까 샘나서 그런 거 아이가?"

"으 음… 뭐라구?"

"혹시 그 아지매가 주근깨 하나 꿔달라캐도 절대로 꿔주믄 안된다, 알았제?"

남편의 그 말에 나는 배꼽이 빠져라 웃고 또 웃었습니다.

내 얼굴의 주근깨조차 사랑스럽다고 말해 주는 남편. 남편의 그 사랑이야말로 내가 세상을 살아가는 힘인지도 모릅니다.

할머니의 가르침

내가 여덟 살 되던 해 여름 어느 날이었습니다.

할머니가 마늘이 가득 담긴 바구니를 이고 시골에서 상경하셨습니다.

진짜배기 토종마늘이라며 시장에 내다 팔려는 것이었습니다.

“시장까지 어떻게 가드라?”

서울 지리에 익숙하지 않은 할머니를 시장까지 모셔다 드리는 일은 당연히 내 몫이었지만, 어린 마음에 할머니와 함께 시장바닥에 쪼그리고 앉아 마늘을 팔아야 한다는 생각만 해도 얼굴이 달아올라 죽을 맛이었습니다.

“싫어, 나 안 갈래.”

내가 도리질을 하자 할머니는 그 무거운 마늘바구니를 머리에 이고 시장으로 가셨습니다.

하지만 할머니가 길이라도 잃으시면 어쩌나 내심 걱정이 돼, 부랴부랴 뒤를 따라나섰는데 시장모퉁이에 자리를 잡은 할머니 앞에서 한 아주머니가 마늘 값을 깎자고 자꾸 졸라대고 있었습니다.

“자요, 겨우 오백 원 깎는 건데 뭐…….”

안 그래도 다른 가게보다 훨씬 싸게 팔고 있

던 할머니는 이러지도 저러지도 못한 채 진땀만 흘리고 있었습니다.

나는 속이 상해 할머니가 펼쳐놓은 보자기를 탁탁 소리 나게 접어서는 꽉 묶어 버렸습니다.

"할머니 팔지 마. 가요!"

"뭐 이런 애가 다 있어. 나 참 기가 막혀서."

기가 차네 막히네 야단인 아주머니에게 할머니는 연신 미안하다며 고개를 숙였고 마늘보따리를 들고 앞서가는 내 뒤를 따라 죄인처럼 걸어오셨습니다.

저녁 내내 부어터져 밥도 먹지 않고 누워 버린 나는 한참을 씩씩대다 잠이 들었습니다. 그리고 뒤척거리느라 설핏 잠이 든 내 귀에 할머니의 작은 목소리가 들려왔습니다.

"재 보통내기 아니더라. 그냥 보자기를 착착 싸는데 세상을 저리 야물딱지게 살면 무서울 게 없겠다 싶더라니까."

나는 지금도 사는 게 힘겨워 주저앉고 싶을 때마다 어린 날 잠결에 들었던 할머니의 그 한 마디 말을 되새김질합니다.

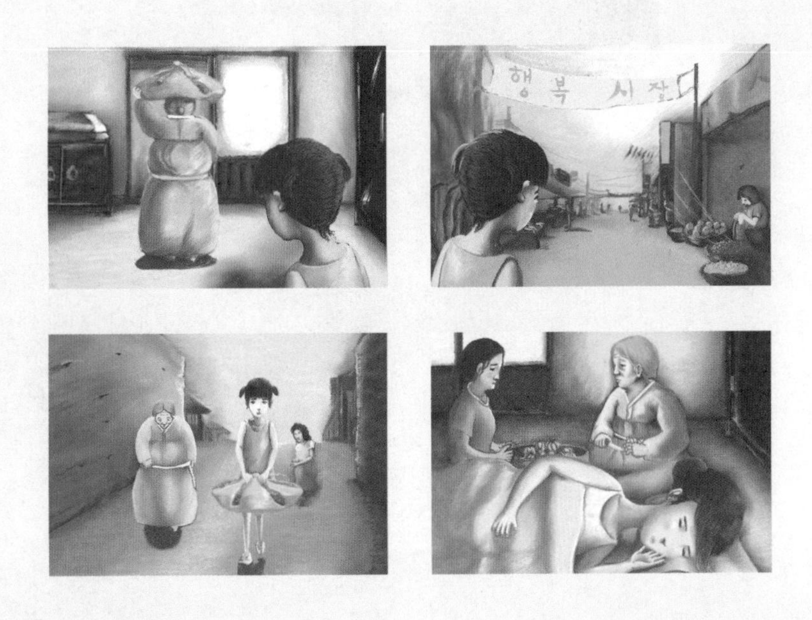
행복 시장

햇볕이 되고 싶은 아이

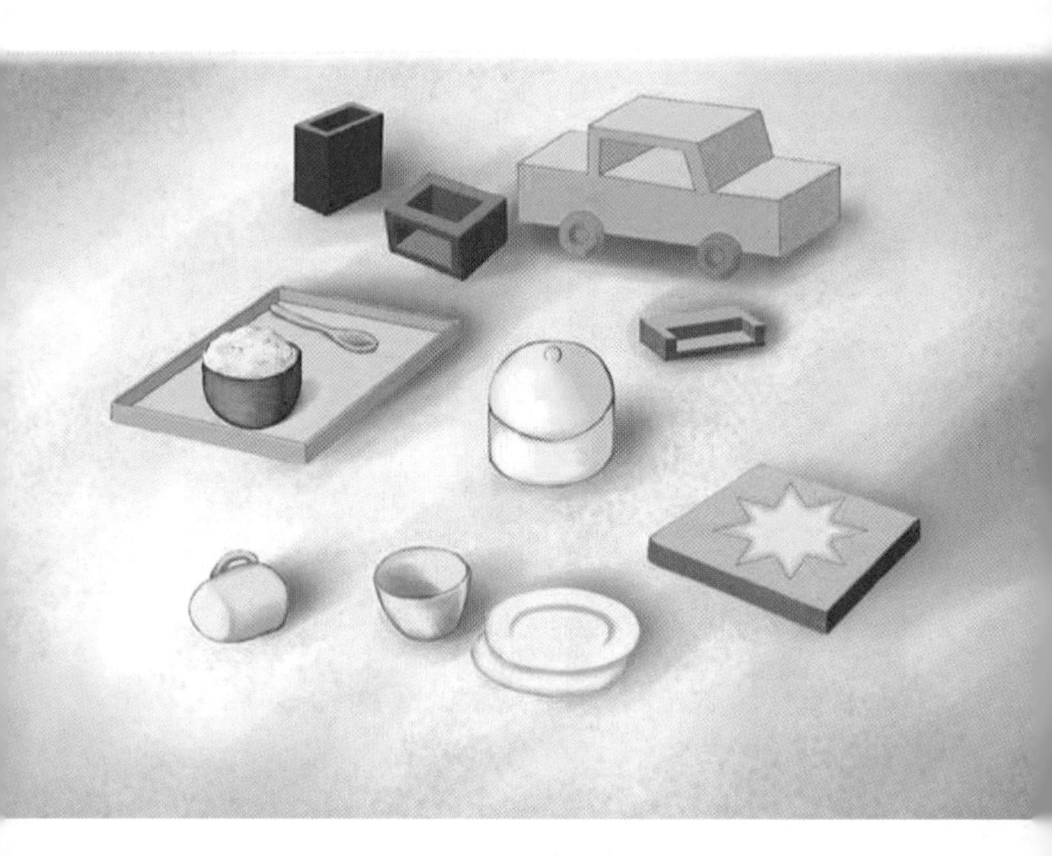

아직은 바람 끝이 싸아한 초봄 어느 날이었습니다.

유치원 아이들이 양달에 옹기종기 모여 소꿉

놀이를 하고 있었습니다.

"에헴 나는 경찰이다."

"음… 나는 엄마 해야지."

"엄마가 뭐야 엄마가……."

저마다 배역을 정하는데, 한 아이가 말없이 앉아 있었습니다.

"야! 너는 뭐할 거야? 빨리 정해 봐."

친구들이 재촉을 하는데도 쭈뼛대기만 하던 아이가 뭔가 생각난 듯, 벌떡 일어났습니다.

그리고는 햇볕이 잘 드는 벽으로 뛰어가, 기대서서 말했습니다.

"난 햇볕이야. 너희들 모두 이리 와 봐."

"햇볕이라니!"

내가 그 뜻밖의 대답에 놀라움을 금치 못하고 있을 때, 어리둥절하던 아이들이 쪼르르 그 아이 옆으로 달려가

선 벽에 도토리 같은 몸을 기댔습니다.

"와, 따뜻하다."

그 모습이 얼마나 정겹던지 나는 무심

곁에 아이들 곁으로 다가가 햇볕이 되고 싶다는 아이에게 그 이유를 물었습니다.

"민우는 왜 햇볕이 되고 싶어?"

"……."

아이는 쑥스러운 듯이 머리를 긁적이며 말했습니다.

"헤헤… 우리 할머니가요, 시장에서 장사를 하시는데 거기는 햇볕이 없어서 춥대요."

시장모퉁이 난전에서 나물을 파는 할머니를 아주 잠깐씩만 비추고 금방 다른 곳으로 옮겨가 버리는 햇볕이 미웠다는 아이.

아이는 이 다음에 크면 햇볕이 돼서 할머니를 하루 종일 따뜻하게 비춰드릴 거라며 해처럼 환하게 웃었습니다.

나는 그 기특한 아이를 꼬옥 안아 주었습니다.

마치 햇살을 가득 품은 것처럼 가슴이 따뜻해졌습니다.

영혼의 기다림

내가 한 대학병원에서 인턴으로 근무하던 시절의 일입니다.

공사장 추락사고로 뇌를 다친 스물 여섯 젊은이가 응급실로 실려 왔습니다.

얼굴과 머리를 심하게 다쳐 의식을 완전히 잃은 후였습니다. 서둘러 응급조치를 취했으나 살 가망은 없어 보였습니다.

이미 식물인간이나 마찬가지가 된 채로 호흡기를 달고 중환자실에 누워 있는 그의 심전도를 체크하면서 내 가슴은 무겁게 가라앉았습니다.

심전도 곡선이 죽음을 의미하는 웨이브 파동으로 바뀌어 가고 있었던 것입니다.

경험으로 보아 이런 경우 10분 이상 살아 있는 환자를 나는 본 적이 없었기 때문에, 중환자실을 나와 그의 가족들에게 임종을 지키라고 일렀습니다.

"아이구. 어휴 흑 흑 흑……."

다음 날 아침 나는 갑자기 그 젊은이가 궁금해져 중환자실로 가 보았습니다.

"아니? 이런……."

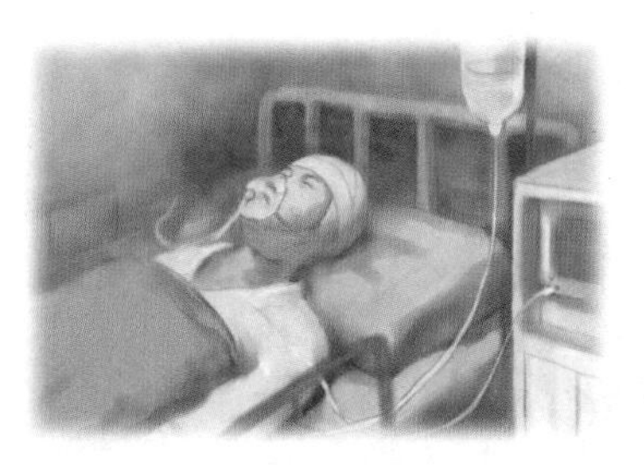

이미 빈 침대이거나 다른 환자가 누워 있으리라는 예상을 깨고 그가 아직 누워 있었기 때문입니다. 더없이

나약하지만 여전히 끊이지 않는 심전도 곡선.

그의 영혼이 아직 그의 몸을 떠나지 않고 있었던 것입니다.

"어떻게 이럴 수가 있지?"

과학적으로도 의학적으로도 납득할 수 없는 상황이었습니다.

그렇다면 그가 이 세상을 쉽게 떠날 수 없는 어떤 이유라도 있는 것일까?

그렇게 의문이 풀리지 않은 채 하루가 가고 이틀이 지났습니다.

사흘째 되던 날 아침, 한 젊은 여인이 중환자실로 뛰어들어왔습니다.

금방이라도 쓰러질 듯 창백한 얼굴의 여인은 이미 상황을 감지한 듯 눈물을 흘리며 그의 곁으로 다가갔습니다. 그리고 가만히 그의 파리해진 손을 잡아 주었습니다.

"나야 종기씨. 늦어서 미안해."

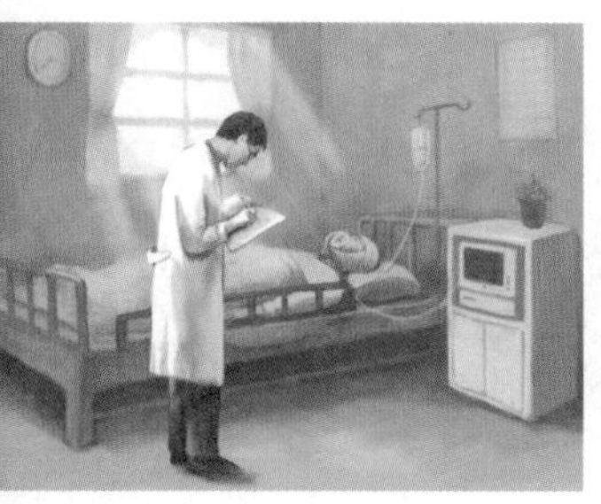

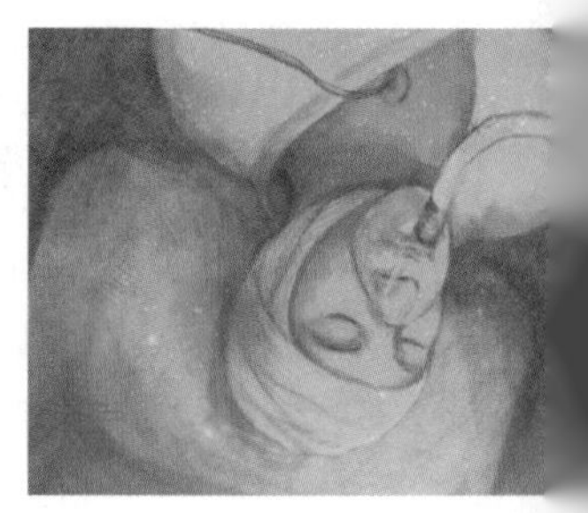

바로 그 순간 그의 심전도 파동이 춤추기를 멈추고 한 줄기 직선으로 내려앉았습니다.

그녀는 결혼한 지 석 달째 접어드는 그의 아내로 뱃속에 아이를 임신중이라고 했습니다.

그의 영혼은 삶과 죽음의 경계에서 힘겨운 사투를 계속하며 마지막 작별을 위해 아내를 기다렸던 것입니다.

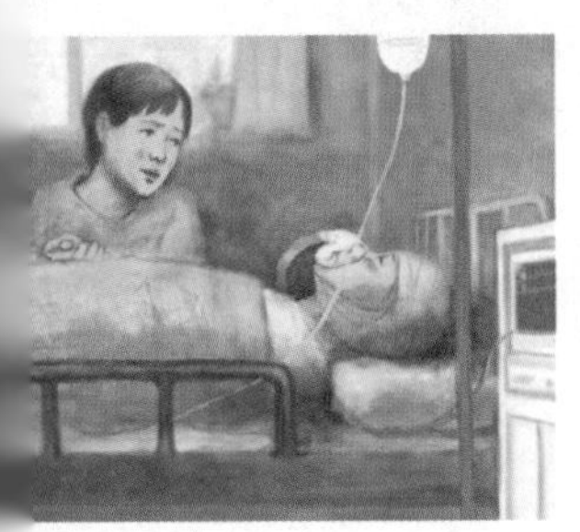

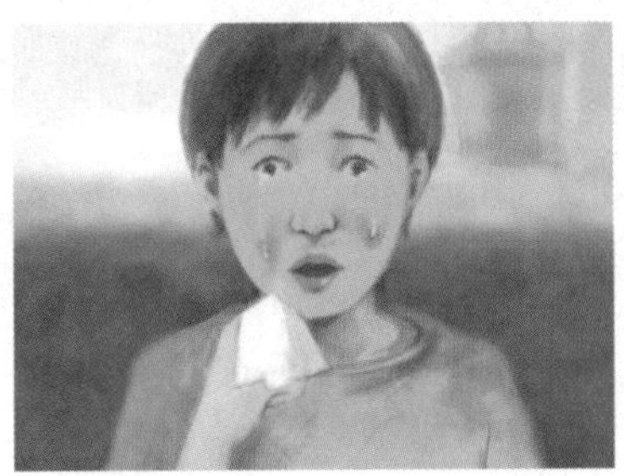

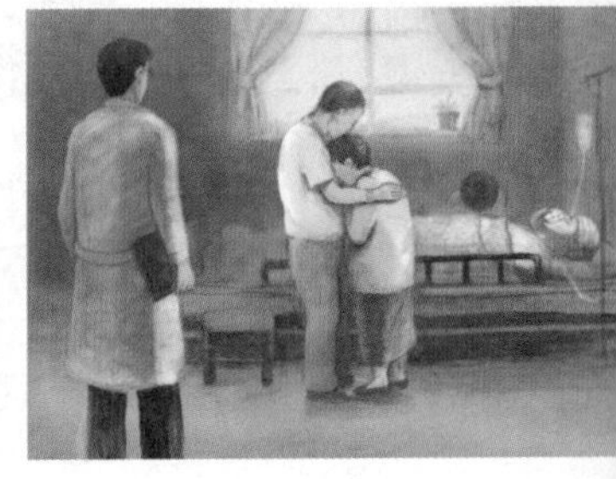

눈 먼 벌치기의 소원

강원도 깊은 산중 늑목골이라는 작은 마을에 눈 먼 벌치기가 살았습니다.

세상은 온통 뿌연 안개 속이었지만 벌과 마음으로 대화를 나누며 꿀을 딴다는 남자. 그에게는 설상가상 다리가 불구인 아버지가 있었습니다.

말이 사는 것이지, 앞을 못보는 채로 벌을 치고 불구인 아버지를 봉양하며 살림을 꾸려간다는 건 정말이지 죽기보다 힘겨운 일이었습니다.

"이런… 이를 어쩌지……."

나무에 걸려 넘어지고 잘못해서 벌에 쏘이고… 밥상을 방까지 차려가는 것조차 힘들었습니다.

그러던 어느 날 마을 이장으로부터 그야말로 눈이 번쩍 뜨이는 소식을 듣게 됐습니다.

수술만 하면 잃어버린 시력을 되찾을 수 있다는 것이었습니다. 희망을 얻은 그가 서울의 큰 병원을 찾았을 때 정밀진단을 마친 의사가 말했습니다.

당장 개안수술을 할 경우 성공 확률은 100퍼센트. 문제는 수술비였습니다.

그는 그날부터 꿀을 따서 판 돈을 한

푼 두 푼 모았습니다.

안 입고 안 먹고 눈물나게 모아 수술비 2백만 원이 거의 다 될 즈음, 지극 정성으로 모시던 아버지가 앓아 누웠습니다.

그는 모았던 돈을 다 털어 아버지 병구완에 썼지만 아버지는 끝내 눈 먼 아들을 홀로 두고 세상을 뜨셨습니다.

깊은 수렁에 빠진 그가 다시 기운을 내 벌을 치고 돈을 모아 2백만 원을 만든 것은 6년 뒤.

그는 2백만 원을 손에 쥐고 다시 서울의 큰 병원을 찾았습니다.

그러나 검사결과는 절망적이었습니다. 시신경이 다 죽어 수술이 불가능하다는 것이었습니다.

벌통을 버리고 희망도 버리고, 하루하루 피폐해져 가던 그에게 운명과도 같은 인연이 나타났습니다.

한 쪽 다리가 불구여서 주변 사람들에게 냉대를 받아 그 만큼이나 깊은 절망속을 헤매던 한 여자가 마을의 누군가가 라디오 방송국에 써보낸 눈 먼 벌치기의 사연을 듣게 된 것입니다.

여자는 물어물어 산골짝 오두막에 눈 먼 벌치기를 찾아갔습니다. 그리고 작수성례. 그의 아내가 되어, 아니 그의 눈이 되어 아픔을 감싸 안았습니다.

눈 먼 벌치기의 신혼집엔 날마다 행복이 너울댔습니다.

아내는 그 착한 손길로 그가 지금껏 단 한번도 누려보지 못한 기쁨을 선사하는 천사였습니다.

삼시 세끼 더운 밥을 지어올리고 맛난 반찬을 떠먹여 주기까지 하는 천사. 그는 이제 세상 그 누구도 부럽지 않았습니다.

꿀처럼 달콤한 날들이 그렇게 흐르고 흘러 아이도 어언 셋이나 생겼습니다.

하지만 행복은 오래가지 않았습니다. 죽음보다 더한 고통이 그를 찾아온 것입니다.

"안돼! 여보 안돼. 제발 죽지 마."

안된다고 했지만, 가지 말라 했지만 아내는 끝내 다시 돌아오지 않을 먼 길을 가고 말았습니다.

아내가 가고 난 뒤의 생활은 그야말로 지옥이었습니다.

보다 못한 이웃들이 아이 키우는 건 벌치는 거랑 다르다고 애들을 고아원에 보내라고 성화를 댔지만 그럴 때마다 그는 아내의 마지막 말을 떠올렸습니다.

"아무리 힘들어도 우리 애들… 고아원에 보내지 말아요, 여보."

"약속할게."

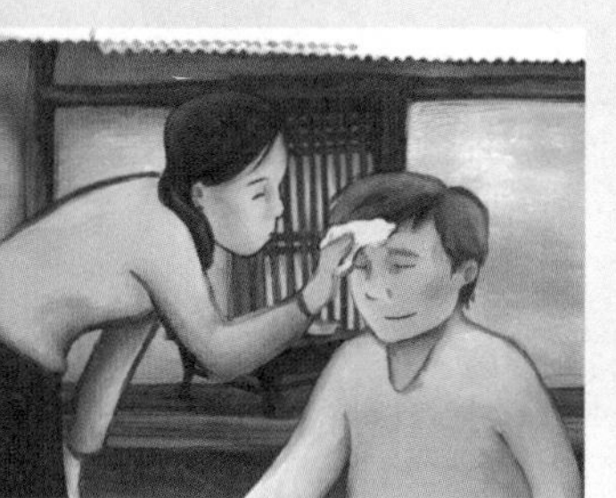

"고마워요… 여보."

아내와의 약속을 저버릴 수 없어 철부지 셋을 업고 안은 눈 먼 홀아비…….

누가 봐도 사람 사는 모습이 아니었습니다.

셋째를 안으면 둘째가 울고, 둘째를 업으면 첫째가 울고…….

"나 혼자 어떡하라구. 흑흑……."

너무 힘들고 괴로운 나날이었습니다.

그러다 집안이 온통 울음바다가 돼 그도 함께 울어 버린 적이 한두 번이 아니었습니다.

그렇게 세월이 흘렀습니다.

그래도 산 사람은 살게 마련인지 세월은 철부지 삼남매를 착하고 야무지게 키워냈습니다.

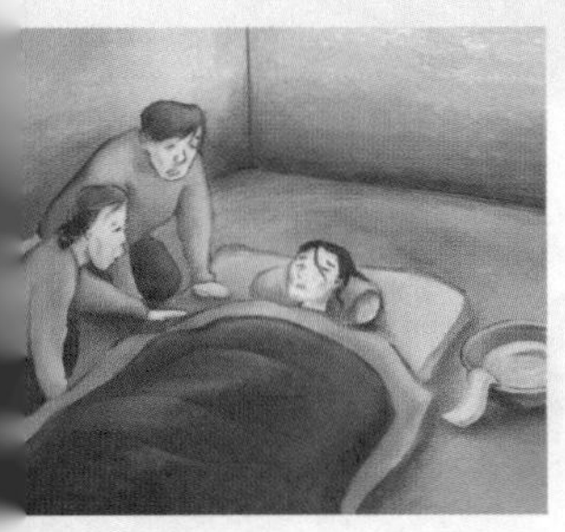

세월이 흘러 아이들 학교를 따라 읍내로 이사도 했습니다.

“아빠, 안녕히 주무세요.”

“그래, 느이도 잘 자거라.”

이제 늙은 벌치기의 소원은 단 하나.

아이들이 학교를 마치고 저마다 제 살 길을 찾고 나면, 아버지의 뿌리가 살아 있고 아내의 숨결이 배어 있는 늑목골 그 가난한 오두막으로 돌아가는 것입니다.

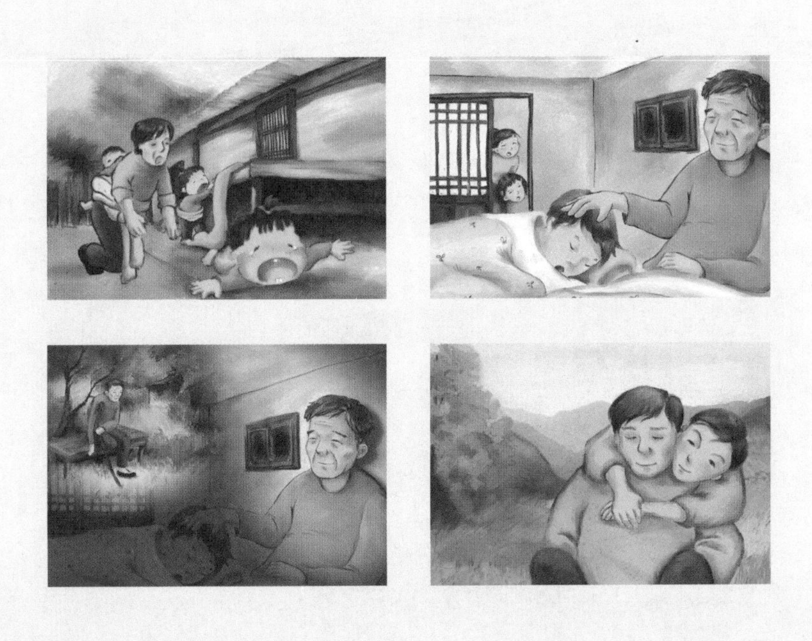

기적의 인큐베이터

한 병원 분만실에서 쌍둥이가 태어났습니다.

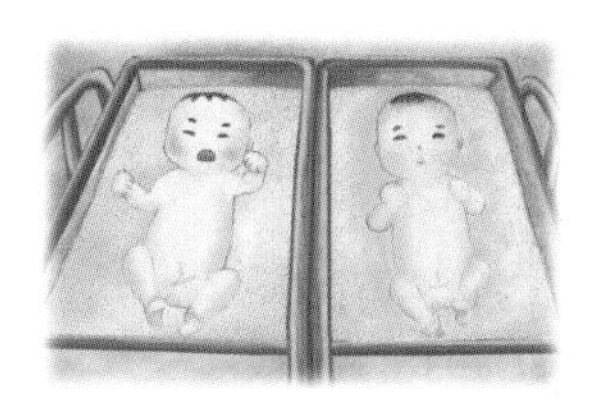

세상에 먼저 나온 아이는 울음소리부터가 우렁차고 건강했지만 그보다 1분 늦게 태어난 동생은 호흡도 맥박도 정상이 아니었습니다.

"착하지, 아가야 울어라 울어……."

반응 없는 아이를 보며 의사는 애만 태워야 했습니다.

"그래, 그래 제발 울어보렴. 아가야……."

"이거 도저히 안 되겠는데… 휴우."

절망적인 상황이라는 걸 의사의 표정만으로도 짐작한 산모는 울음을 터뜨렸고 아이는 곧 인큐베이터로 옮겨졌습니다.

인큐베이터 안에서 홀로 죽음을 맞이할 수밖에 없는 가엾은 아이.

아이를 불쌍히 여긴 간호사가 엄청난 모험을 감행했습니다.

병원의 수칙을 어기고 쌍둥이 형을 같은 인큐베이터에 넣은 것입니다.

그러자 기적 같은 일이 일어났습니다.

건강한 아이가 자신의 팔을 뻗어 아파하는 아이의 몸을 감싸는 것이었습니다.

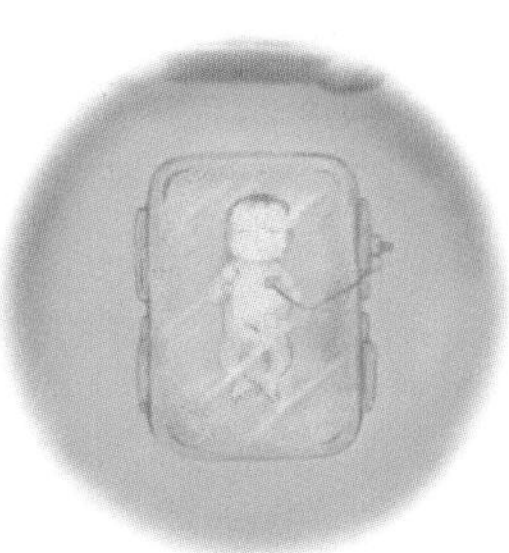

그로부터 몇 시간 후, 아이의 상태를 살피러 온 간호사는 깜짝 놀랐습니다.

숨소리조차 들리지 않던 동생의 몸이 꼼지락대면서 심장박동도, 체온도 모두 정상이 되어가고 있었던 것입니다.

"세상에… 이건 기적이다 기적이야."

간호사는 환하게 웃었습니다.

그것은 세상에서 가장 아름다운 포옹이며 기적이었습니다.

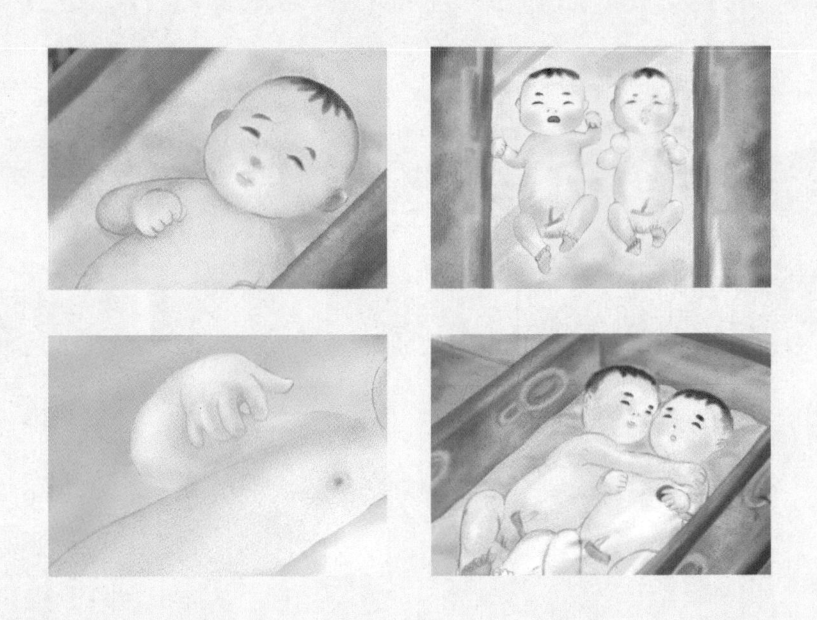

우리 외식하러 가요

달동네 사글세집에 가난한 부부가 살았습니다.

"휴. 이 일을 어쩌지?"

남편의 실직… 바닥을 드러낸 쌀독…….

"아휴… 언제 이렇게……."

아내는 쌀독을 열어 보며 가만히 한숨을 내쉬었습니다.

게다가 아내의 배는 만삭으로 불러왔습니다.

당장 저녁끼니도 문제였지만 새벽마다 인력시장으로 나가는 남편에게 차려줄 아침거리조차 없는 게 서러워 아내는 그만 부엌 바닥에 주저앉아 펑펑 울어 버렸습니다.

아내가 우는 이유를 모를 리 없는 남편은 아내에게 다가가 그 서러운 어깨를 감싸 안았습니다.

"울지 마. 참… 당신 갈비 먹고 싶다고 했지? 우리 외식하러 갈까?"

외식할 돈이 있을 리 없었지만 아내는 오랜만에 들어보는 남편의 밝은 목소리가 좋아서, 그냥 피식 웃고 남편을 따라나섰습니다.

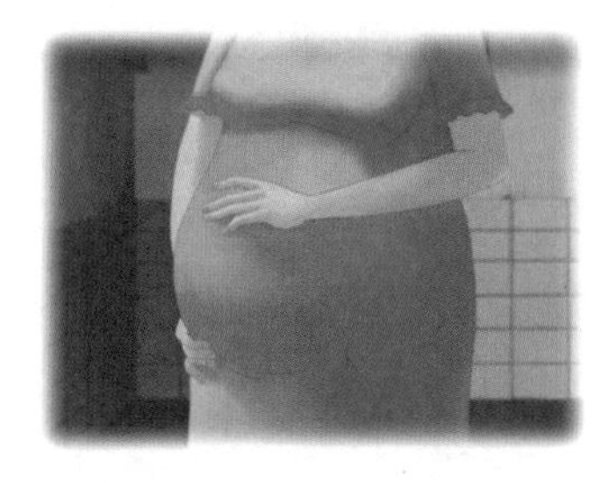

남편이 갈비를 먹자며 아내를 데려간 곳은 백화점의 식품 매장이었습니다. 식품매장 시식코너에서 인심 후하기로 소문난 아주머니가 부부를 발견했습니

다. 빈 카트, 만삭의 배, 파리한 입술… 아주머니는 한눈에 부부의 처지를 알아차렸습니다.

"새댁, 이리 와서 이것 좀 먹어봐요. 임신하면 입맛이 까다로워진다니까."

안그래도 허기에 지쳐가던 부부한텐 그 손짓이 얼마나 고마운지…….

"자, 여보 먹어봐. 어때?"

"잘… 모르겠어."

다른 시식코너의 직원들도 임신한 아내의 입맛을 돋궈줄 뭔가를 찾으러 나온 부부처럼 보였던지 자꾸만 맛볼 것을 권했습니다.

"자… 아 해봐."

"맛있네…!"

부부는 그렇게 넓은 매장을 돌며 시식용 음식들을 이것저것 맛봤습니다.

"오늘 외식 어땠어?"

"으응… 좋았어!"

그리고 집으로 돌아가는 부부의 장바구니엔 달랑 다섯 개들이 라면 한 묶음이 들어 있었습니다.

휴대폰과 양갱

오랜만에 초등학교 동창을 만나던 날이었습니다.

친구는 주문을 하자마자 손에 들고 있던 휴대폰을 자랑이라도 하듯 식탁 위에 올려놓았습니다.
첫눈에 보기에도 흠집 하나 없는 최신형.

나는 탁자 밑에서 슬그머니 내 휴대폰을 꺼내 보았습니다.

2년이나 사용해 낡을대로 낡고 멋없는 구형 휴대전화. 나는 얼른 전원을 꺼버린 후, 안주머니에 깊이 쑤셔 넣었습니다.

그날 저녁, 나는 힘들게 일을 마치고 돌아온 엄마한테 다짜고짜 투정을 부렸습니다.

"엄마, 나 휴대폰 하나 사 줘. 이젠 들리지도 않아!"

"그래 낡긴 낡았구나! 다음 달 보너스 타면 한번 보자."

봉제공장에서 죽어라 일해, 못난 아들 대학공부까지 시키는 엄마를 이해 못하는 건 아니지만 그깟 휴대폰 하나 사는 데 한 달을 기다려야 한다니… 짜증이 났습니다.

그로부터 며칠 후, 동네 슈퍼마켓에 갔는데 계산대 앞에서 한 꼬마가 작은 손에 양갱 하나를 들고 잔뜩 긴장한 목소리로 물었습니다.

"이거 얼마예요?"

"응? 천 원인데."

꼬마는 손에 든 양갱과 다른 손에 꼭 쥔 동전을 번갈아 보더니 양갱을 제자리에 두고는 힘없이 돌아섰습니다. 얼마나 먹고 싶으면 저럴까? 안쓰러운 생각이 든 나는 양갱 값을 치른 후 아이를 따라갔습니다.

"꼬마야, 잠깐만……. 자 이거 받어."

"어… 양갱이다! 그렇지만 저는 5백 원밖에 없는데……."

아이는 손에 꼭 쥐고 있던 동전을 내밀었습니다.

"어, 이건 아저씨가 그냥 사 주는 거야. 양갱이 그렇게 먹고 싶었니?"

"그게 아니고요. 우리 엄마가 좋아하는 건데, 엄마가 아파서 이거 먹고 빨리 나으라고……."

그리고는 주머니에서 토막 난 크레용을 꺼내 양갱 포장지 위에 뭔가 쓰기 시작했습니다.

'엄마 사랑해요.'

기껏해야 일곱 살이나 됐을까? 아직 철부진데……. 나는 주머니에 쑤셔 넣었던 휴대폰을 꺼내 초기화면에 이렇게 적었습니다.

'엄마 사랑해요.'

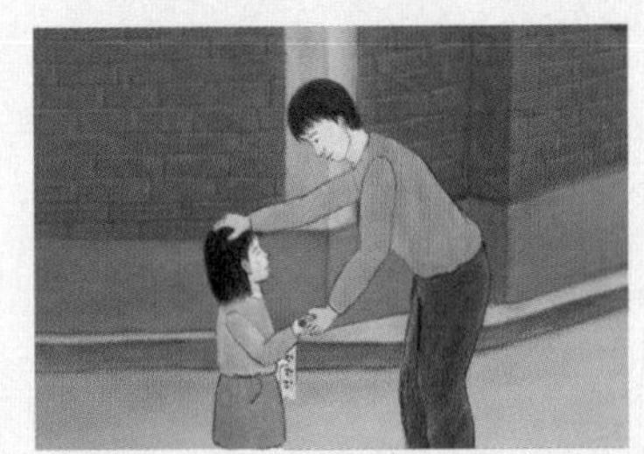

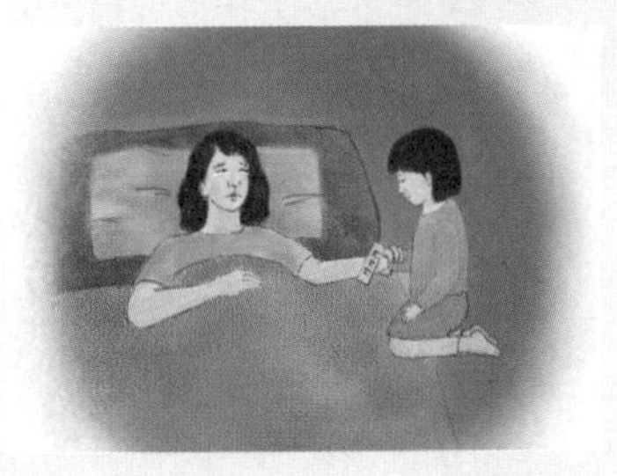

5

날마다 다리를 건너는 사람

윗집 아랫집

얼마 전 강남의 새 아파트로 이사를 했습니다.

이리저리 많이 옮겨 다녀서 이력이 났다고는 해도 이사란 늘 힘든 일입니다.

"휴, 힘들다."

식구는 단출하지만 제 또래 다른 아이들보다 덩치가 두 배는 큰 먹보 아들과 온동네 소문이 자자한 왈가닥 딸.

"아야!"

"아휴… 저게!"

둘이 모이면 노는 게 거의 전쟁이라 이사만 하면 아랫집과의 관계가 무엇보다 걱정이었습니다.

"우와, 운동장 같다! 헤헤헤."

"에잇, 내 새총을 받아라, 이얍!"

"아유 좀! 조용히 좀 해라. 아랫집에서 올라오면 어쩌려고……."

이사한 아파트는 12층 꼭대기. 아이들은 짐을 옮기기도 전에 전쟁을 시작했고 무슨 불똥이 튈지 몰라 걱정하던 나는 그날로 떡쟁반을 들고 아래층을 찾아갔습니다.

"누구세요?"

"네. 위층에 새로 이사온 사람이에요. 안녕하세요?"

그리고는 아주 어렵게 입을 뗐습니다.

"애들이 어려서 막무가내로 뛰어다녀요. 시끄러우면 바로 말씀해 주세요."

부탁을 하긴 했지만, 시부모까지 모시고 산다는 말에 한숨이 절로 나왔습니다. 그런 불안함도 모른 채 아이들은 벌써 소파에서 식탁으로, 식탁에서 바닥으로 점프를 해대며 난장판을 만들었고 주의를 줘도 그 때 뿐이었습니다.

며칠 후 저녁 무렵 그날도 어김없이 한바탕 전쟁이 벌어졌는데 초인종이 울렸습니다.

'올 것이 왔구나…….'

무슨 소리를 들어도 그저 미안하다고 해야지 생각한 내가 문을 열자

아들 또래의 아래층 남자애가 서 있었습니다.

"엄마가요… 윗집애하고 친구하라고 해서 왔어요."

"그, 그래? 엄마가? 어서 들어오너라."

"야… 간다……!"

나는 시끄럽다고 핀잔하는 대신 아들을 올려 보내 친구삼게 한 아랫집 사람들의 배려에 깊은 감사를 전했고, 윗집 아랫집 두 아들은 일 주일도 안돼 둘도 없는 친구가 되었습니다.

어떤 우정

현정이와 연지는 같은 아파트 아래윗집에 사는 단짝 친구입니다.

연지네 집은 101호. 연지는 엄마아빠가 돌아가신 뒤 할머니와 단 둘이 살고 있습니다.

"다녀왔습니다."

"그려… 또 위층 가게?"

할머니가 밥 주랴 물을 새도 없이, 연지는 가방을 방에 겨우 던져 놓고 위층 현정이네로 쪼르르 달려갔습니다.

"어서들 와라."

"엄마, 우리 배고파."

"그래, 오늘은 엄마가 연지 좋아하는 새우볶음 했지."

현정엄마는 연지가 집에 놀러올 때마다 김이 모락모락 나는 밥에, 계란말이며 새우볶음 같은 반찬을 한상 가득 차려놓고 연지의 점심을 챙겨줍니다. 샘을 낼 법도 한데 현정이는 오히려 한술 더 떠, 연지 밥숟가락 위에 맛난 반찬을 골라 얹어 줄 정도입니다.

"연지야, 많이 먹어."

"헤… 너도 많이 먹어."

현정이와 연지 두 친구는 공부를 할 때도, 놀 때도 그림자처럼 붙어 다녔

습니다.

그러던 어느 날 현정이가 지독한 감기에 걸렸습니다. 현정이는 학교에서 조퇴를 하고 엄마 등에 업힌 채 집에 돌아왔습니다.

끙끙 앓고 있는데, 저녁 무렵에 연지가 찾아왔습니다.

"현정이, 많이 아파요?"

현정이가 제일 좋아하는 막대사탕 하나를 들고 문병을 온 것입니다.

"현정아, 연지 왔는데 들어오라고 할까?"

"그냥 가라고 그래."

얼마나 아프면 친구도 귀찮을까? 딱해 하며 연지를 그냥 돌려보냈습니다.

"현정이 깨면 부를게."

"네에… 그럼, 이거 현정이 주세요……."

"그래… 고맙다."

연지를 돌려보낸 뒤, 현정이에게 물었습니다.

"느이들 싸웠니?"

"아니… 연지에게 내 감기 옮기면 안 되잖아. 연지는 간호해 줄 엄마도 없는데……."

아이의 그 속 깊은 말에 엄마는 콧등이 시큰해졌습니다.

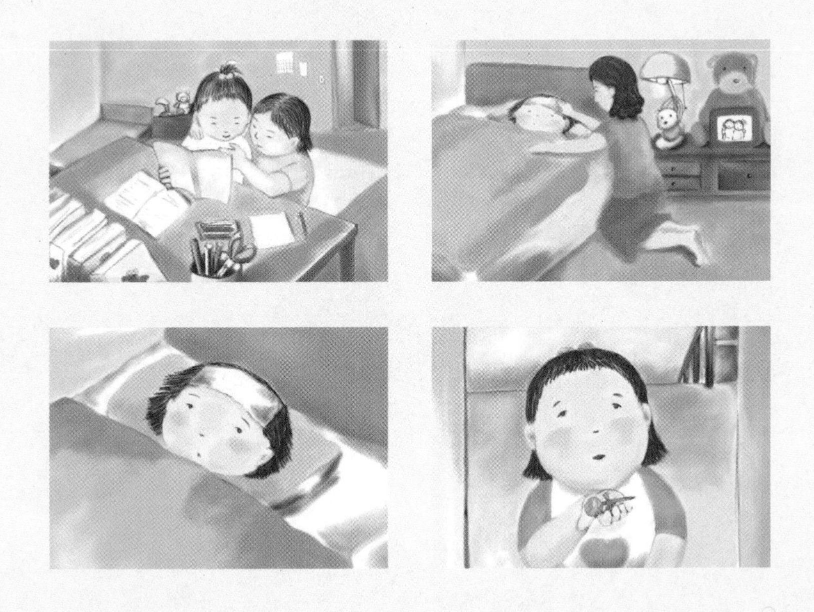

눈물의 시험날

대학입시에 짓눌려 친구하나 마음 편히 사귀기 힘든 고등학교시절이었습니다.

내게는 둘도 없는 단짝이 있었습니다. 중학교 때부터 내리 몇 년을 같은 학교 같은 반에서 공부한 우리는 집도 같은 방향이었고 취미도 성격도 비슷해 전생에 쌍둥이가 아니었을까 생각될 정도였습니다.

"우리, 같이 공부할까?"

"어. 그러자!"

학교에서 내내 붙어 있는 것도 모자라 방과 후에도 헤어지기 싫어서, 하루는 우리 집에서 하루는 그애 집에서 돌아가며 밤샘공부를 하기도 했습니다. 그렇게 고3이 다 끝나가고 대학입시가 코앞으로 다가왔을 때 학력고사성적에 따라 하향지원해야 한다는 의견이 지배적이었지만 우린 소신지원으로 같은 학교 같은 과에 원서를 냈습니다.

"우리 합격될까?"

"그래… 될 거야."

입학원서를 내고 시험을 보고… 모든 일이 숨가쁘게 진행됐습니다.

마침내 합격자 발표날, 희비가 엇갈렸습니다.

"어? 내 이름 있다!"

"……."

친구만 합격을 하고 나는 낙방의 고배를 마시고 만 것입니다.

그날부터 후기대학 시험을 치르기 전까지 한 달 넘게 나는 방안에만 틀어박혀 꼼짝도 않고 있었습니다. 친구가 전화를 걸고 집으로 찾아오기도 했지만 나는 대학에 붙기 전엔 인생도 우정도 없다고 생각했습니다.

후기대 시험 날이었습니다. 아직 채 어둠이 가시지 않은 새벽, 혼자 집을 나선 내가 고사장 정문에 막 들어서려는 순간 친구가 날 불렀습니다.

"주연아! 여기야 여기. 만나서 다행이다. 나만 붙어서 미안해."

나는 아무 말도 할 수가 없었습니다.

"이거 암기과목 요점정리 한거야. 오늘은 다른 거 볼 필요 없고 이것만 훑어보면 될 거야."

친구는 두꺼운 스프링노트 두 권을 내게 건넸고 공연히 부끄럽고 미안해

진 나는 고맙다는 말을 안으로 삼킨 채 노트를 받았습니다.

"너 끝나고 나올 때까지 여기 있을게. 혼자 시험 본다고 생각하지 마."

"아냐… 그럴 필요 없어."

"야, 만약에 니가 붙고 내가 떨어졌으면 넌 어떻게 했겠냐?"

"그… 그거야……."

'만약 내가 붙고 친구가 떨어졌다면…….'

눈물이 핑 돌아 약해진 모습을 들키지 않으려고 돌아서는 등뒤에 대고

친구가 소리쳤습니다.

"잘 해 이주연 파이팅!"

나는 친구의 응원을 뒤로 하고 고사장 안으로 들어갔습니다.

계란 세 개

어린 시절 우리 집은 그리 부유한 편이 못됐습니다.

그래도 자존심 하나만은 세상 그 누구보다 높았던 내가 친구네 양계장으로 계란을 사러 갔던 날의 일입니다.

“어, 선희 왔네. 계란 사려고?”

“어? 으응.”

친구는 하지 않아도 될 배려를 하고 싶어했습니다.

“아저씨, 얘 내 친군데요. 깨진 계란 몇 개 더 주세요.”

“얼마나 살 건데?”

“아, 아냐… 덤은 필요 없어.”

깨진 계란 몇 개 더 집어주라는 그 말이 왜 그렇게 서럽고 자존심 상하던지… 쥐구멍이라도 있으면 들어가고 싶은 심정이었습니다.

그 때였습니다.

“선희 계란 사러 왔니?”

밭일 나가던 친구 어머니가 그 어색한 분위기를 짐작이라도 한 듯 다가왔습니다.

“네.”

“이리 따라 와라.”

그리고는 당황해 어쩔 줄 모르고 서 있는 나를 계란이 쌓여 있는 헛간으로 데려갔습니다.

바구니마다 가득 쌓여 있는 계란 중에서 가장 굵고 실한 것만 골라 담은 뒤 세 개를 더 얹어 주었습니다.

"이건 덤이다."

"아 아뇨. 아줌마, 안주셔도 돼요."

또 한번 자존심이 상한 내가 필요 이상 과장된 어투로 덤을 거부하자 친구 어머니는 바구니를 내 손에 쥐어주며 말씀하셨습니다.

"선희야, 니가 계란을 들고 가다 보면 틀림없이 밑에 있는 게 눌려서 두세 개는 깨질거다. 이건 그냥 덤이 아니라 깨지게 될 걸 대신해서 주는 거야. 됐지?"

어린 내 마음에 상처가 가지 않게 하려고 애써 짜냈을 그 특별한 계산법.

그때 그 친구 엄마가 얼마나 커 보이고 얼마나 고맙던지.

나는 어른이 되고 엄마가 된 지금도 그 일을 잊을 수가 없습니다.

날마다 다리를 건너는 사람

고생 끝에 가전제품 대리점을 차린 사람이 있었습니다.

상업고등학교를 졸업하고 전자 회사 영업사원으로 사회에 첫발을 디딘 김우준 씨는 십 년 동안 열심히 일해 번 돈과 주변 사람들의 돈을 빌려 작은 가전제품 대리점의 사장이 됐습니다.

천성이 부지런하고 착해서 아침이면 남보다 빨리 문 열고 밤이면 남보다 늦게 문 닫기를 2년 남짓.

"이야, 드디어 해가 보인다."

"장하다. 김우준."

그렇게 겨우 장사가 안정될 무렵, 거래처 사람으로부터 사기를 당해 전 재산을 날릴 위기에 처하게 되었습니다.

"말도 안돼. 흑흑……."

남은 거라곤 아는 사람한테서 낸 빚뿐. 어떻게든 그 빚을 갚겠다고 결심한 그는 절망을 털고 일어나 전자제품 외판원으로 나섰습니다.

방문판매로 버는 돈 중에서 날마다 조금씩 떼 빚을 갚아 나가기로 한 것입니다.

그는 매일저녁 5천 원을 주머니에 넣고 한강다리를 건너 용산까지 걸어가 돈을

갚았습니다.

"또 왔습니다 어르신. 여기 5천 원……."

눈이 오나 비가 오나 하루도 빠짐없이 한강대교를 건너는 그의 가슴에선 언젠가 반드시 사업을 다시 일으킬 거라는 희망의 씩이 자라고 있었습니다.

그러던 어느 날, 그의 성실성을 눈여겨 본 전자회사 판매 이사가 신용을 담보로 물건을 대줄테니 다시 대리점을 해보라고 권했지만 그는 사양했습니다.

돈이 다 모일 때까지 기다리기로 한 것입니다.

그 날 그가 매일같이 5천 원씩 돈을 갚던 사람을 만나게 된 것은 우연이었습니다.

"이보슈!"

"아, 어르신……."

"내가 바로 봤구먼."

이런저런 얘기 끝에 김우준 씨가 그간의 사연들을 털어 놓았습니다.

"그땐 정말 죽고만 싶었는데."

그의 딱한 처지와 새로운 계획을 알게 된 이가 말했습니다.

"처음에 5천 원씩 빚을 갚겠다고 했을 때 나는 며칠 못가서 그만둘 거라고 생각을 했어요. 그런데 당신은 끝까지 해냈지요. 새출발을 한다니 나한테도 투자할 기회를 주겠소?"

그는 날마다 한강다리를 건너며 단지 돈만 갚은 게 아니라 돈보다 더 값진 믿음을 쌓고, 신용을 쌓았던 것입니다.

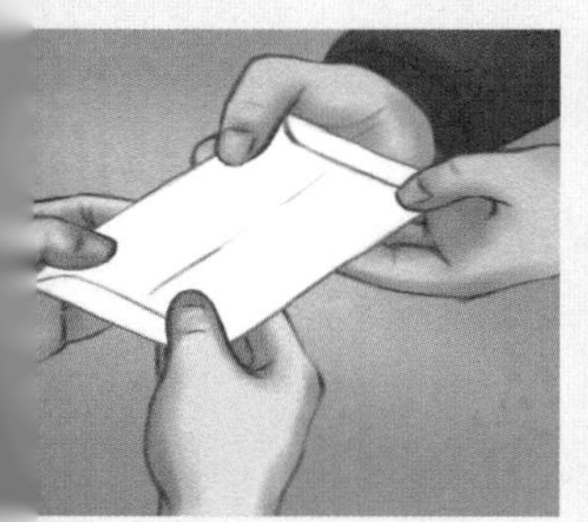

친절 승무원

이른 아침, 열차를 타고 출장을 가던 날의 일입니다.

신문을 보거나 옆사람과 조용조용 얘길 나누거나 차창을 보는 승객들 틈에 시골에서 갓 상경한 듯한 할머니가 앉아 있었습니다.

할머니는 큼직한 보따리를 끌어안고 의자에 뻣뻣이 앉은 채 꾸벅꾸벅 졸다가 이내 깊은 잠에 빠져들었습니다.

의자를 뒤로 젖히면 훨씬 편할텐데. 나는 그렇게 생각하면서 내 의자 등받이를 뒤로 젖혔습니다. 그때 한 승무원이 차표를 검사하다가 잠에 취한 할머니를 발견했습니다.

그는 할머니의 잠든 얼굴을 정겹게 바라보다가 달리는 열차의 객차 바닥에 무릎을 꿇었습니다. 그리고는 한 손으로 의자 손잡이를 천천히 당기면서 다른 한 손으로는 의자 등받이를 받쳐서 할머니가 앉은 의자를 눕히기 시작했습니다.

단 몇 초면 될 일이었지만 할머니가 잠에서 깨지 않도록 아주 조심스럽게 의자를 눕히느라 5분은 족히 걸린 것 같았습니다. 열차 안의 승객들이 일제히 그 광경을 바라보고 있었습니다.

"제발. 제발 성공해라."

순간 레버를 당기던 승무원의 손에 힘이 들어갔고 움찔한 할머니가 실눈을 뜰락말락 했지만 무사히 넘어갔습니다.

"휴."

모든 사람의 조마조마한 마음을 아는 듯 할머니는 다시 잠에 빠져들었습니다.

시간이 얼마나 흘렀을까…….

마침내 의자를 뒤로 젖힌 승무원은 이마의 땀을 닦은 다음 옆 칸으로 이동했습니다. 덜컹대며 달리는 기차 안 그 소란통에도 할머니의 곤한 잠을 방해하지 않으려고 진땀을 뺀 승무원의 행동이야말로 모두에게 감동을 전한 참된 봉사였습니다.

"꼬마야. 어디 가니?"

"외갓집이요. 근데 아저씨는 어디 가세요?"

"나? 허허. 나는 세상 끝까지 간단다."

이웃사촌

달동네 허름한 집에서 신혼살림을 할 때 일입니다.

"아고마 뽀얗게도 삶았꾸마."

너무나 가까워서 숟가락이 몇 갠지 다 알고 사는 옆집엔 후덕한 아주머니가 살았습니다.

장사를 해서 형편이 넉넉할 거라는 주위의 소문과는 달리 아주머니의 살림은 혀를 내두를 정도로 짜고 검소했습니다.

헐렁한 작업복 바지 하나로 봄 여름 가을 겨울을 나고 양말은 언제나 똑같은 걸 사 신었습니다. 그래야 하나가 구멍 나도 바꿔 신을 수 있다는 게 이유였습니다.

그런데 결혼 17년만에 낳았다는 초등학생 아들 손엔 언제나 도시락을 두 개씩 들려보냈습니다.

"도시락 몬싸오는 아 있으믄 줘야 한대이."

"네 엄마. 학교 다녀오겠습니다."

이따끔 우리집 문고리에는 검은 비닐 봉지가 걸려 있곤 했는데, 열어 보면 사과 한 봉지 참기름 한 병 그런 것들이 들어 있었습니다. 넙죽 받기 미안해서 어쩌다 작게라도 갚으려 하면 휘휘 손을 내저었습니다.

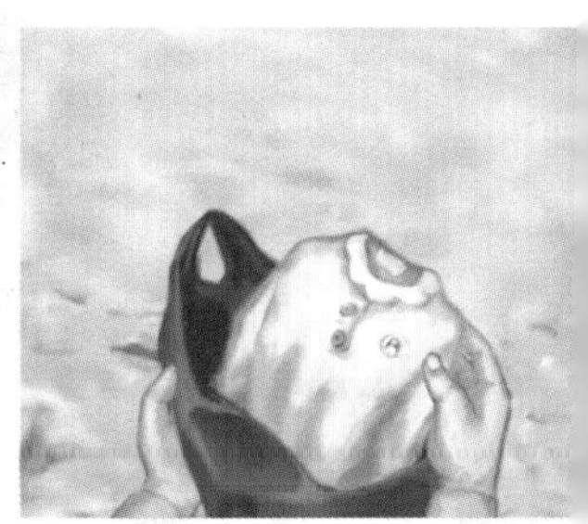

"아이다. 꼭 갚고 잡으면 새댁보다 몬한 사람한테 해라."

한번은 장을 보고 오는데, 뒤에서 아주머니가 부르셨습니다.

"봐라 봐라 새댁……."

급하게 뛰어온 아주머니는 또 까만 비닐 봉지에 뭔가를 담아 손에 들려 주고는 달아나듯 가셨습니다.

"어머… 이건……."

비닐 봉지에 든 것은 고급 상표가 달린 아이옷이었습니다.

그날 저녁 나는 바느질거리를 잔뜩 싸안고 앉아 있는 아주머니께 고맙다는 인사를 건네며 물었습니다.

"근데 왜 그렇게 비싼 걸 까만 비닐에 담아주세요?"

아주머니가 멋쩍게 말했습니다

"너무 좋은데 싸주믄 부담스럽다 아이가."

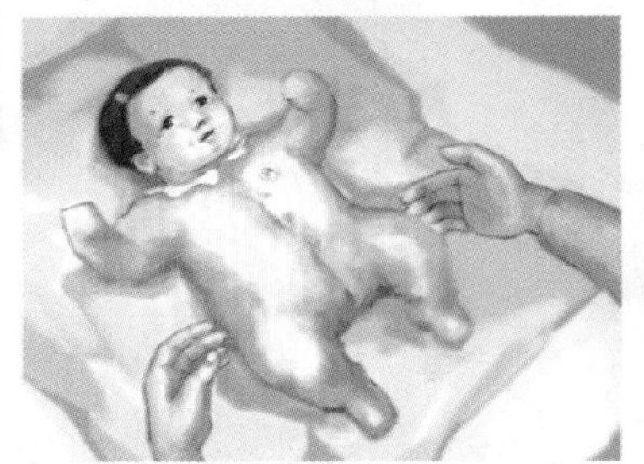
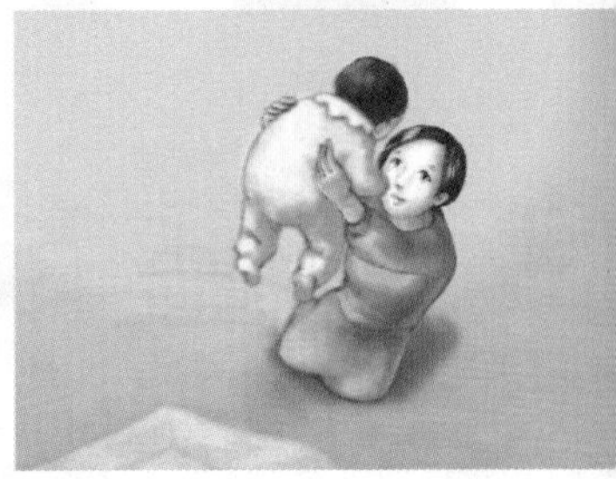

그 말 끝에 하나뿐인 아이한테 가끔은 좋은 옷도 입혀 보라던 아주머니.

10년이 지난 지금도 어디선가 검은 비닐 봉지에 사랑을 담아 나눠 주고

계실 그이를 나는 잊을 수가 없습니다.

양심지폐

우리 동네는 낡은 벽돌연립이 다닥다닥 붙어 있는 서민들의 마을입니다.

어느 날 아침 학교에 가려고 집을 나선 나는 집 앞 골목에, 만 원짜리 지폐 하나가 떨어져 있는 걸 발견했습니다.

"어라… 누가 흘렸지?"

보는 사람은 아무도 없고 만 원은 나한테 너무나 큰 돈인데.

유혹이 슬금슬금 뻗쳐왔지만 지폐를 눌러둔 돌이 아무래도 주인이 나타날 때까지 날아가지 말라는 배려 같아 차마 손을 댈 수가 없었습니다.

수많은 사람들이 오가는 골목. 누가 집어가도 집어가겠지 했는데 저녁때 학교에서 돌아와 보니 그 돈이 그대로 놓여 있었습니다.

믿기 힘든 일이었습니다.

"야! 이건 양심지폐다 양심지폐!"

돈은 다음날도, 그 다음 비가 억수로 내리는 날도 같은 자리에서 주인을 기다리고 있었습니다.

그렇게 일주일쯤 지났을까, 돈은 보이지 않고 돌멩이만 그대로 있었습니다.

"어? 드디어 찾았구나."

돈이 보이질 않아 드디어 주인이 나타

났구나 하고 가려는데 계단옆 벽에 종이 한 장이 붙어 있었습니다.

'주인을 찾습니다

만 원 보관중.'

며칠째 비바람에 훼손되고 있는 돈이 안쓰러워 안선하게 보관하고 있나는 내용과 함께 자신의 이름과 연락처까지 적은 쪽지였습니다.

"그렇지… 역시 우리 동네야. 헤헤헤."

나는 비록 가난하지만 양심 하나는 부자로 사는 우리 동네가 몹시 자랑스러웠습니다.

주인을 찾습니다
만원 보관중
연락바람
전화)011-234-XXXX

안경 할머니

앞을 못 보는 시각장애인들에게 책을 읽어 주는 모임이 있었습니다.

그 중에는 유명한 성우도 있었고 탤런트, 국어선생님, 연극배우도 있었습니다.

"푸른 잎새와 싱싱한 바람과 햇빛의 가루를……."

모두가 없는 시간을 쪼개서 보이지도 않을 손짓, 몸짓, 연기까지 섞어가며 재미있게 책을 읽어 주었습니다.

"자, 오늘은 여기까지… 다음 주에 계속 하겠습니다."

아이들의 우렁찬 박수 소리와 함께 고맙다는 소리가 여기저기서 들려왔습니다.

"고맙습니다. 고맙습니다."

그런데 시각장애인들이 가장 좋아하는 봉사자는 유명성우도 탤런트도 가수도 아닌 칠순의 할머니였습니다.

할머니가 도착할 시간이면 문 앞까지 마중을 나와 서 있기까지 했습니다.

언제나 두툼한 돋보기를 걸치고 책을 펼쳐들어 '안경할머니'로 불리는 할머니.

"어디 보자… 내가 어디까지 했더

라… 음… 그래 여기다."

드디어 기다리던 할머니의 책읽기가 시작되었습니다.

"처음 도착한 곳은 추억의 나라였어요. 그곳에는 치르치르의 할아버지와 할머니가 살고 계셨어요. 앗, 할아버지 할머니다! 미치르가 외치는 소리에 졸고 있던 할아버지 할머니께서 눈을 떴습니다."

"하하하. 와, 재밌다. 할머니 최고!"

돋보기를 써도 글씨가 잘 안보여 더듬거릴 텐데… 잇새로 바람이 새서 발음도 정확하지 않을 텐데… 입냄새도 날 텐데… 다른 봉사자들은 안경 할머니의 인기비결이 궁금해 견딜 수가 없었습니다.

"대체 왜들 안경 할머니를 좋아하지?"

"그러게……?"

그런데 대답은 참 간단했습니다.

"안경 할머니가 왜 그렇게 좋으세요?"

"아 예… 그거야 할머니는 늘 손을 꼭 잡고 책을 읽어 주시거든요."

"아… 예… 그렇군요."

책 속에 든 몇 줄의 정보 몇 줄의 지식보다 더 값진 것은 할머니의 손끝에서 손끝으로 전해지는 사랑이었던 것입니다.

할머니의 비밀

칼바람이 몰아치던 어느 겨울밤이었습니다.

가게들이 다 문을 닫은 시장통을 지나 졸고 있는 가로등 옆을 지날 때였습니다.

어렴풋이 신음 소리 같은 게 들려 뒤를 돌아보니 할머니 한 분이 길바닥에 쓰러져 있었습니다.

"으… 음……."

"할머니 정신 차리세요. 할머니 할머니!"

아무래도 그냥 지나칠 수 없어 할머니를 들쳐 업은 나는 가까운 여관으로 할머니를 모시고 갔습니다.

그 시간에 문을 연 병원이 있을 리도 없고 수중에 돈도 몇 푼 없어 일단 몸이라도 녹이게 해 드리려는 생각에서였습니다.

"할머니… 정신 좀 차리세요."

초라하기 짝이 없는 여관방이었지만 아랫목만은 절절 끓었고 그 온기에 언 몸이 녹았던지 할머니는 다행히 곧 의식을 회복했습니다.

"할머니 정신이 좀 드세요?"

"휴, 내가 또 쓰러졌었구먼. 고마워 학생. 고마워……."

자취방에 연탄불도 갈 때가 넘었고

아침에 학교 갈 일도 걱정이 됐지만 할머니 혼자 낯선 여관방에 두고 갈 수는 없는 일이었습니다. 결국 같이 밤을 지새게된 나는 괜스레 시골집 할머니 생각도 나고 해서 고학생 어려운 처지며 장래희망이며 이런저런 얘기를 늘어놓다 잠이 들었습니다.

다음날 아침, 여관방을 나서는데 할머니가 내 연락처를 물었습니다.

"무슨 일 있으면 전화하세요. 제가 힘이 돼 드릴 수 있을지 모르지만……."

"그려 그려."

겨울이 가고 할머니의 그 일을 까맣게 잊고 있던 어느 봄날, 경찰서에서 연락이 왔습니다.

어리둥절해서 찾아간 내게 경찰서장은 표창장과 함께 흰 봉투 하나를 내밀었습니다.

봉투 속에는 지난 겨울 시장통에 쓰러져 있던 그 할머니의 사진과 돈 5백만 원이 들어 있었습니다.

"할머니가 돌아가시면서 자네 앞으로 남긴 걸세."

경찰서장을 통해 듣게 된 자초지종은 이랬습니다.

젊어서 혼자된 할머니는 시장통에 식당을 차려 돈도 많이 벌고 아들 둘을 미국으로 유학까지 보냈습니다. 하지만 결혼을 한 후 감감무소식. 아파 쓰러져도 돌봐 줄 혈육 한 점 없이 지내다가 그 지독한 외로움이 병이 돼서 끝내 눈을 감으셨다는 것입니다.

나는 그 난데없는 포상금 5백만 원을 차마 거절하지 못했습니다. 할머니의 마음같아서 말입니다.

월급봉투

엄마와 어린 동생 넷을 남겨두고 아버지가 돌아가셨습니다.

나는 그렇게 아무런 준비없이 집안의 가장이 되었습니다. 학비가 없어 중학교도 못 마치는 게 너무 슬펐지만, 당장 돈을 벌지 않으면 여섯 식구 끼니는 물론이고 오갈데조차 없었기에 자동차 정비공장에 취직했습니다. 나는 차분히 기술을 익혔습니다.

"봐라, 냉각팬이 돌지 않으니까 엔진이 이렇게 끓을 수밖에 없지."

"아하!"

기술을 배워가며 일해 받은 한달 월급이 5백 원. 많지는 않지만 제날짜에 꼬박꼬박 타는 그 돈이 우리 여섯 식구 옷이며 밥이었습니다.

그러던 어느 날 정비공장의 단골로 내 형편을 속속들이 알고 있는 트럭기사 송씨 아저씨가 뜻밖의 제의를 해왔습니다.

"월급은 여기보다 후할 거야. 한 1200원?"

1200원이라는 엄청난 월급이 보장된 자리. 귀가 번쩍 뜨이는 제안이 아닐 수 없었습니다.

화물트럭의 조수일은 생각보다 어려웠습니다.

하지만 아저씨의 자상한 배려와 보살

핌 덕에 하루가 가고 이틀이 가고 한 달이 가고… 마침내 첫 월급을 타던 날이었습니다.

“야… 이거 진짜 두둑한데. 장하다 이경수.”

내 손으로 이런 거금을 벌다니…. 정비공장 친구들에게 자랑하고 싶어 안달이 난 나는 그중 이백 원을 뚝 떼서 한 턱 내는 데 써버렸습니다.

그날 퇴근길, 송씨 아저씨가 조용히 나를 불렀습니다.

그리고는 당신 월급봉투에서 이백 원을 꺼내 내 손에 쥐어 주며 말했습니다.

“어머니랑 동생들 생각도 해야지. 첫 월급을 함부로 축내면 되나.”

“아… 아저씨…….”

그날 이후 30년이 넘게 직장생활을 하고 있지만 월급봉투만 타면 그날 그 송씨 아저씨 얼굴이 떠올라 단 한 푼도 허투루 쓸 수가 없습니다.

선홍빛 사랑

한 아이가 온몸에 멍이 든 채 병원을 찾았습니다.

"쯧쯧……."

의사는 아이에게 '급성골수성백혈병' 이란 진단을 내렸고 아이는 항암치료를 위해 무균실로 옮겨졌습니다. 치료를 받기 위해 아이에게 무엇보다 필요한 것은 '혈소판'. 하지만 기증자를 구하기는 쉬운 일이 아니었습니다. 어머니는 아들을 살리기 위해 매일같이 이곳저곳 뛰어다녔지만 성과가 없었습니다.

"큰일이네요. 저대로 두면 위험한데."

아이의 생명은 시시각각 시들어갔습니다.

그때 절망한 어머니에게 한 간호사가 전해 준 희망의 빛 하나. 그것은 '새빛누리회' 라는 이름의 '헌혈봉사자모임' 이었습니다.

다급한 어머니는 연락처를 받자마자 전화를 했습니다.

"여보세요? 거기가 저……."

그곳에서 마침내 헌혈하겠다는 이를 구할 수 있었습니다.

헌혈봉사자가 오기로 한 날, 어머니는 작은 선물을 준비해 병실 문 앞을 지키고 있었습니다.

많은 사람들이 오갔지만 한 시간이

지나고 두 시간이 지나도 약속한 사람은 나타나지 않았습니다. 슬픔에 잠긴 어머니는 아들의 병실로 걸음을 옮겼습니다. 그런데 아들이 어느새 노란 혈소판을 수혈하고 있는 것이었습니다.

그때 전화가 걸려왔습니다. 헌혈봉사자였습니다.

"아이는 괜찮죠?"

"뵙고 싶어 기다렸는데… 고맙습니다."

그 후에도 그 얼굴 없는 천사는 아무도 모르게 와서 생명을 나눠주고 말없이 사라져, 작은 감사의 선물이라도 전하려는 어머니를 애태웠습니다. 그날도 시간 맞춰 진을 치고 천사를 기다렸지만 그 숱하게 오가는 이들 틈에서 얼굴도 모르는 그를 찾기란 쉬운 일이 아니었습니다.

바로 그때 낯익은 간호사가 다가와 어머니에게 쪽지를 건네 주었습니다.

쪽지에는 이렇게 씌어 있었습니다.

'제가 누군지는 중요하지 않습니다. 중요한 것은 저와 당신이 똑같이 그 아이를 사랑한다는 것이에요.'

어머니가 병실로 돌아왔을 때 그 이름모를 천사의 사랑은 어느새 혈관을 타고 아이의 몸 속으로 퍼지고 있었습니다.

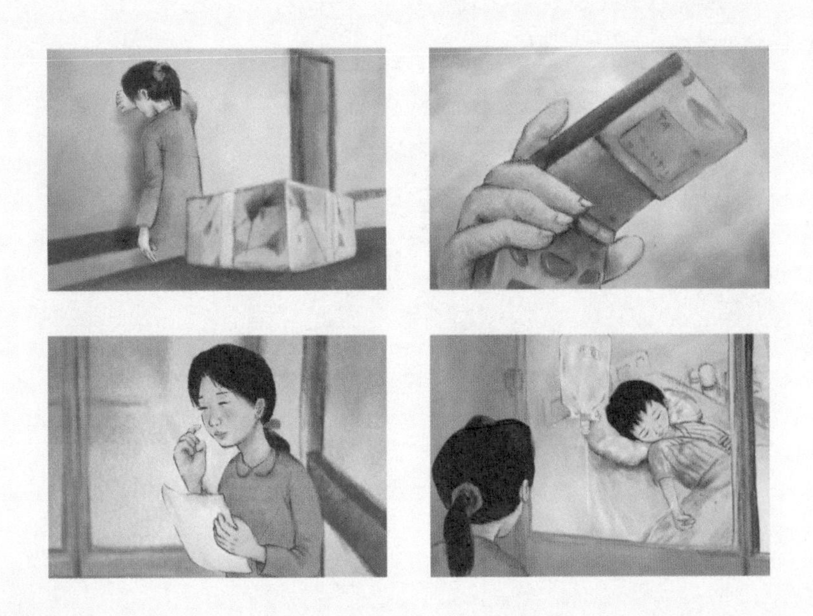

TV동화 행복한세상 3 | 원작 목록

1. 지팡이가 된 나무

단 한 사람의 관객
원작 | 「관객은 비록 한 사람밖에 없지만」(작자미상)
출전 | 『마음이 따뜻해지는 아름다운 거짓말』(정민미디어)
애니메이션 | 고상이(Ani－pub.114)

베란다의 참새
원작 | 「베란다의 참새」(방송작가 김문음씨의 딸 유혜인양 실화)
애니메이션 | 전홍덕 이문선 이현주 최병수(두리프로)

수술비 백 원
원작 | 「수술비 백 원」(필명 비타민)
출전 | 〈스포츠투데이〉 '멜랑꼴리'
애니메이션 | 정유경 서민정 민지성(애니미어)

돈
원작 | 「돈」(경기도 성남시 수정구 김은경씨 실화)
애니메이션 | 김경희(동동)

지팡이가 된 나무
원작 | 「지팡이가 된 나무」(작자미상)
애니메이션 | 김경은 전규성(물체주머니)

기차 대장
원작 | 「기차 대장」(경기도 오산시 갈곶동 이재만씨 실화)
애니메이션 | 안동신(모션&픽쳐)

양심판매대
원작 | 「무인 문구판매대」(충주 선척중학교 학생들의 실화)
애니메이션 | 신명주 배영훈 양수정(마나로 엔터테인먼트)

앵두 서리
원작 | 「이웃 아주머니의 앵두나무」(대전시 중구 대사동 박복란씨 실화)
애니메이션 | 전홍덕 이성수 김윤수(두리프로)

아주 중요한 사건
원작 | 「아주 중요한 사건」(샘터 고문 김재순) 출전 | 『한 눈 뜨고 꿈꾸는 사람』(샘터)
애니메이션 | 이종흔 류현(애니플랙스)

노란 모과
원작 | 「노란 모과」(대구시 수성구 시지동 강신복씨 실화)
애니메이션 | 현경(동동)

아이들의 비밀
원작 | 「아이들의 비밀」(작자미상) 애니메이션 | 배영운 양수정(마나로 엔터테인먼트)

고양이와 생선
원작 | 「은혜 갚은 고양이」(서울시 동대문구 제기동 김성범씨 실화)
애니메이션 | 변지은(애니마포럼 – 무리)

2. 빗방울 소나타

20년 전의 인형
원작 | 「20년 전의 인형」(방송작가 김소현씨 실화)
애니메이션 | 전홍덕 이문선 이성수 최병수(두리프로)

어머니의 보석상자
원작 | 「어머니의 보석상자」(서울시 중랑구 면목동 이승렬씨 창작동화)
애니메이션 | 정유진 김희성(애니마포럼)

빗방울 소나타
원작 | 「빗방울 소나타」(필명 비타민)
출전 | 〈스포츠 투데이〉 '멜랑꼴리'
애니메이션 | 김무연 정유경 민지성(애니미어)

우렁각시
원작 | 「우렁각시」(서울시 관악구 신림동 최귀옥씨 실화)
애니메이션 | 김진희(뮤츠아트)

엄마와 좀도둑
원작 | 「엄마와 좀도둑」(전북 전주시 완산구 효자동 김명호씨 실화)
애니메이션 | 박미정 김미라(애니마포럼)

마지막 거짓말
원작 | 「마지막 거짓말」(경기도 성남시 분당구 김모씨 실화)
애니메이션 | 한승아 최서혜(애니마포럼 – 무리)

아버지와 미루나무
원작 | 「너희와 함께 이 길을 걷고 싶었다」(서울시 동대문구 답십리 전은상씨 실화)
출전 | 〈사랑하기에 아름다운 이야기〉(낮은 울타리)
애니메이션 | 한승이 이선아(애니마포럼)

곰보빵
원작 | 「제상 위의 곰보빵」(경기도 용인시 기흥읍 김의식씨 실화)
애니메이션 | 김삼채(짜박)

아버지가 사 주신 중고차
원작 | 「아버지가 사 주신 중고차」(오마이뉴스 김해등 기자)
출전 | 〈오마이뉴스〉(2001년 1월 28일)
애니메이션 | 윤희동 박현주(푸른버스)

파스 한 장

원작 | 「파스 한 장」(방송작가 이미애)

애니메이션 | 정화영(aniB105)

어머니와 10만 원

원작 | 「어머니와 10만 원」(전북 익산시 신동 고광연씨 실화)

애니메이션 | 오동욱 엄정은(마나로 엔터테인먼트)

공부방이 생기던 날

원작 | (작자미상)

애니메이션 | 김삼채(짜박)

3. 눈꺼풀로 쓴 글

만 원의 힘

원작 | 「만 원의 힘」(가수 이선희씨 실화)

애니메이션 | 박은영(애니2000)

진정한 가르침

원작 | 「진정한 가르침」(마더 데레사 수녀의 실화)

애니메이션 | 서효석 지은혜(studio ich)

담요 두 장

원작 | 「담요 두 장」(방송작가 이미애)

애니메이션 | 전홍덕 이현주 최병수(두리프로)

눈꺼풀로 쓴 글

원작 | 「눈꺼풀로 쓴 글」(전 엘르 편집장 장 도미니크 보비 실화)

애니메이션 | 김혜정 이양금(슈가큐브)

바로 지금 하세요

원작 | 「DO IT NOW」(서울시 은평구 응암동 송승우씨 실화)

애니메이션 | 김외선(모션&픽쳐)

이모부와 거위

원작 | 「이모부와 거위」(KBS 라디오작가 김미라)　출전 | 『사랑하는 것과 사랑해 보는 것』(KBS 문화사업단)

애니메이션 | 이종흔 이영선(애니플랙스)

사랑의 가위

원작 | 「사랑의 가위」(한국최초 여성 변호사 故 이태영 여사 실화)

애니메이션 | 박세환 이윤환 강인철 백윤미 양경화(AIA)

아들의 선물

원작 | 「아들의 선물」(요하네스 브람스 실화)

애니메이션 | 손현수(슈가큐브)

못생긴 도장
원작 | 「못생긴 도장」(작자미상)
애니메이션 | 연정주 연소연(aniB105)

사랑의 퍼즐
원작 | 「장애인이 찢은 지폐 일일이 짜맞춰 교환」(한국은행 대구경북본부 발권과장 최동현씨 실화)
애니메이션 | 정승희(애니마포럼)

세상에서 가장 아름다운 편지
원작 | 「어머니의 편지」(KBS 라디오작가 김미라) 출전 | 『사랑하는 것과 사랑해 보는 것』(KBS 문화사업단)
애니메이션 | 국경진(공주영상)

38년 전 약속
원작 | 「38년 전 약속」(작자미상)
애니메이션 | 김무연 정유경 민지성(애니미어)

4. 눈물의 결혼반지

잊을 수 없는 플래카드
원작 | 「잊을 수 없는 환영 플래카드」(인천시 부평구 일신동 정광식씨 실화)
애니메이션 | 유진희 박선희(비온뒤)

할머니의 자장가
원작 | 「할머니의 자장가」(충북 청주시 홍덕구 사직동 김종일씨 실화)
애니메이션 | 정화영(aniB105)

듣지 못한 대답
원작 | 「듣지 못한 대답」(작자미상)
애니메이션 | 원정환 윤지석(애니2000)

눈물의 결혼반지
원작 | 「결혼 반지가 된 형수님의 사랑」(인천시 부평구 일신동 정광식씨 실화)
출전 | 월간 〈샘터〉(2002년 7월호) 애니메이션 | 윤희동 박현주(푸른버스)

주근깨 여왕
원작 | 「주근깨」(서울시 강북구 미아동 손영주씨 실화)
애니메이션 | 현경(동동)

할머니의 가르침
원작 | 「2천 원에 사 든 추억」(KBS 라디오작가 김미라)
출전 | 『사랑하는 것과 사랑해 보는 것』(KBS 문화사업단) 애니메이션 | 이경원(애니마포럼)

햇볕이 되고 싶은 아이
원작 | 「햇볕이 되고 싶은 아이」(작자미상)
애니메이션 | 홍현숙(뮤츠아트)

영혼의 기다림
원작 | 「영혼의 기다림」(작자미상)
애니메이션 | 유진희 김경숙(비온뒤)

눈 먼 벌치기의 소원
원작 | 「눈 먼 벌치기의 소원」(홍기 · 대구시 북구 태전동 박광호씨 실화)
출전 | 『가리산의 눈 먼 벌치기』(바오로딸) 애니메이션 | 윤희동 박현주(푸른버스)

기적의 인큐베이터
원작 | 「기적의 인큐베이터」(방송작가 이미애)
애니메이션 | 전홍덕 홍경주 최병수(두리프로)

우리 외식하러 가요
원작 | 「우리 외식하러 가요」(강원도 홍천군 북방면 이호진씨 실화)
애니메이션 | 김상겸 홍우정 홍효정 김명선 유호철(애니마트)

휴대폰과 양갱
원작 | 「꼬마에게 배운 사랑」(경기도 평택시 세교동 윤진석씨 실화)
애니메이션 | 박미정(애니마포럼)

5. 날마다 다리를 건너는 사람

윗집 아랫집
원작 | 「윗집 아랫집」(서울시 강남구 최정화 주부 실화)
애니메이션 | 최은숙 이지선(두리프로)

어떤 우정
원작 | 「세상에서 가장 아름다운 아이들」(광주시 북구 삼각동 정영란씨 실화)
애니메이션 | 김미경 김정화(애니마포럼)

눈물의 시험날
원작 | 「눈물의 대입시험날」(서울시 도봉구 방학동 이주연씨 실화)
애니메이션 | 김경희(동동)

계란 세 개
원작 | 「계란 세 개」(가수 이선희씨 실화)
애니메이션 | 현경(동동)

날마다 다리를 건너는 사람
원작 | 「날마다 다리를 건너는 사람」(작자미상)
애니메이션 | 양수정 배영운 (마나로 엔터테인먼트)

친절 승무원
원작 | 「열차 승무원에 감동」(경영 컨설턴트 윤은기씨 실화)
애니메이션 | 김영규 송원상 조재형 우지홍(애니통)

이웃사촌
원작 | 「이웃사촌」(경기도 수원시 장안구 정자동 이영씨 실화)
애니메이션 | 김미라 김성은(비온뒤)

양심지폐
원작 | 「양심지폐」(작자미상)
애니메이션 | 전홍덕 이문선 최병수 최은숙(두리프로)

안경 할머니
원작 | 「안경 할머니」(작자미상)
애니메이션 | 김외선(모션&픽쳐)

할머니의 비밀
원작 | 「할머니의 비밀」(서울시 서초구 서초동 김진혁씨 실화)
애니메이션 | 조원종(애니웍스)

월급봉투
원작 | 「아버지의 월급봉투」(경남 마산시 구암동 방성애씨 아버님 실화)
애니메이션 | 류한균 김명선 류현 홍우정(애니마트)

선홍빛 사랑
원작 | 「선홍빛 사랑」(경기도 화성시 남양동 박초영씨 실화)
애니메이션 | 원정환 윤지석(애니2000)